入道雲のしわざ

堀島　隆

入道雲のしわざ　目次

入道雲のしわざ

堀島　隆

良ちゃんの事情

雲行きが怪しくなったのは、夏の到来を告げる雑草が庭一面にはびこり、体がじっとりと汗ばむ季節だった。

いつも気兼ねなく声かけ合える仲だった良ちゃんが、急に恵子にそっぽを向くようになったのだ。

色黒で真っ白な歯とどんぐりのように大きな目玉が特徴の良ちゃんはやんちゃでおしゃべり、人を笑わせるのが大好きだった。その良ちゃんと恵子は席が隣同士で一番前の真ん中の席だった。

「良！　百二十五を五で割ると何ぼだ？」

担任の岩永先生はまだ若いのに、頭の天辺が光っていた。

「えーっと、先生の歳と同じ二十五！」

「バカ者！　先生の歳は余計だ」

爆笑だった。

何かにつけ一言多い良ちゃんは、先生からよく叱られた。先生の唾は教卓を通り越して良ちゃんだけでなく隣の恵子の席まで飛んできた。

「つまらんことばっか言うから、ほらっ」

恵子はノートに飛び散った飛沫を指さした。

「ごめん！」

良ちゃんは悪びれる風も見せず、いつも素直に謝った。

真っ黒い顔の中から、白い歯をむき出して謝る良ちゃんの笑顔が恵子は好きだった。良ちゃんはしゃべりすぎのやんちゃ坊主だが、人から何を言われてもさらっと受け流し、けろっと忘れてしまうタイプだ。恵子が気兼ねなく付き合えるのもそのせいだった。

良ちゃんと恵子が隣同士で仲良くしているのを、クラスのみんなはうらやましがった。でもだれ一人として二人のことを冷やかしたりはしなかった。まるで兄妹のように明るく爽やかな関係に見えたからだ。

去年のクラスでは、先生の推薦で学級委員になったばっかりに、恵子は意地悪な女の子のグループからいじめを受けていた。例えば、一列になって教室移動するとき、わざと恵子の号令を無視して出発を後らせてみたり、体育で使う縄跳び用のゴムひもを隠されたりするなどだった。学級委員なのにいつも意図的に孤立させられた。それが六年生のクラス替えで、一気に吹っ飛んだ。

「このごろ、急に明るくなったね。お母さんも安心よ」

学校から戻ってくると、学校のことは一言もしゃべらず、青い顔をしてふさぎ込むことが多かった恵子が、六年生になった途端、急におしゃべりになったのに、お母さんもびっくりしたようすだった。

伝統のある古い木造の校舎の窓から、校庭の緑の木々の自然な香りが忍び込んできた。恵子は有頂天だった。意地悪グループに手を焼いていることを察して、恵子に文学全集を貸してくれるなどして慰めてくれた、五年生の時の優しい担任とは離れ離れになったが、良ちゃんと隣同士でふざけ合っておしゃべりしたり、教え合いっこしたりできる日々が楽しくてならなかった。

良ちゃんは算数は得意なのに、漢字の読みはてんでダメだった。国語の時間に読みを当てられると一行おきに詰まった。そのたびに恵子はそっと教えてあげた。脂汗を額ににじませた良ちゃんの横顔は、暑い太陽にさらされて、まぶしそうに顔をゆがめている南国の少年たちのそれにそっくりだった。読み終わると、良ちゃんは必ず恵子に向かって照れ笑いした。

そんな良ちゃんが恵子の前で笑顔を見せなくなったのは、あの日以来のことだった。教室の壁に張られた漢字一覧表の、難しい漢字の読み合いっこをしていたときのことだ。二人並んだ席からは、壁に張られた漢字の一つ一つがはっきりと見えた。

「あれは、こがらし！」

「あったりー、それじゃあ、あれは？」

恵子が指さしたのは、小学校でも習わない難しい漢字だった。たくさんの漢字の当て合いっこをしている最中だったので、それが何という漢字だったか、実は恵子もそのとき気に留めてさえいなかったのだが……。

良ちゃんが急に黙り込んだ。脂汗でなく、額に縦じわを寄せている。良ちゃんの顔からはいつもの笑みが消えていた。それまで恵子の前で見せたことのない険しい目付きで、白目の部分には赤い筋が無数に流れていた。

隣に座っている良ちゃんとの間に、見えない幕が下りていた。袖をつつき合ってふざけ合った昨日までの空気とは違った風が吹き抜けるのを、恵子は敏感に嗅ぎ取った。その風を避けるように、恵子は椅子を横にずらして良ちゃんとは距離を置き、身を固くした。

「ごめんなさい」と、すぐ謝ればすんだことかもしれなかった。でも、なぜ良ちゃんが急に黙り込み目をとがらせたのか分からず、自分の方から引いてしまったので、謝るチャンスを失ってしまった。

翌日、もう忘れているだろうと、恵子はいつものように良ちゃんに話しかけたが、こわばった顔は昨日のままだった。もちろん、返事はなかった。そこへ、学級委員の雅子が通りかかった。雅子は小柄な恵子とは違ってでっぷりと太り、顔は大黒様のようにふっくらしている。

「この字、何て読むんや?」

ほっぺたにえくぼをつくって見せる良ちゃんのどんぐりのように大きな目は、恵子にではなく雅子に注がれていた。良ちゃんの教科書を覗き込んだ雅子は首を傾げ、

「恵ちゃんなら知ってる思うわ。なあ、恵ちゃん?」

と、雅子は良ちゃんの教科書を取り上げ、恵子の肩をつついた。

良ちゃんは「もう、いいわ」とぶっきらぼうに言うなり、雅子から教科書をもぎ取り、プイ

と横を向いた。

「良ちゃん、どうしたん?」

良ちゃんの態度にびっくりして、その理由を尋ねる雅子に、

「もう、いいんや」

と、良ちゃんは雅子に笑顔で返した。

雅子にだけ向けられたその笑顔から、良ちゃんが恵子になんか教えてもらいたくないと決めてかかっているのがはっきりと読めた。

恵子は良ちゃんのこだわりの真意がつかめずうろたえた。昨日のことは昨日で終わりと自分に言い聞かせ、今日は良ちゃんと仲直りしようと、心に決めて登校したのに、良ちゃんが一向に振り向こうとしないのだ。

ぎくしゃくとした空気が、その後しばらく続き、湿り気を帯びた南風が、じっとりと暑い空気を運んで来るようになったころには、良ちゃんとの仲はますます、険悪なものになっていた。二つ並んだ机を少しずらしたものの、何かの弾みで良ちゃんの領域に少しでも触れると、まるで汚いものに触れられたとでもいうように、良ちゃんはパッパッと手で払う真似をした。ある

日のこと、わざと落としたわけではないが、良ちゃんの机のそばを通ったとき、机の横に掛けてあった野球帽が外れて落ちた。良ちゃんは大声こそ出さなかったが、

「どうしてくれるのー?」

と、いちゃもんをつけてきた。

「ごめんなさい」

恵子が何回も謝ったのに、良ちゃんはギョロっと光るきつい目でにらみ付けてきた。

そんな出来事の少し前のころからだったか、クラスの中では少しおませな悪たれの男の子の間から、恵子をからかう声が聞かれるようになっていた。良ちゃんの帽子が落ちたときも、良ちゃんは後ろの方に群がっている悪たれらのところに駆け寄って、何やらひそひそ話をしていると思ったら、

「何で、帽子を落としたんや!　この好き者が1」

と、口々に恵子のことをはやし立てた。

わざと落としたと責められる口惜しさと大勢でののしられる恥ずかしさに、恵子はこらえきれず泣き出した。

「恵ちゃん、泣くなえ」

女の子のまとめ役の雅子が傍に寄ってきて、恵子の肩に手をかけた。

他の女の子たちも、「恵ちゃん、なーんにも悪くねえのにな」と、恵子を庇うように取り巻き、悪たれたちをにらみ付けた。

教室の前方にできた恵子を取り巻く輪と、後方の良ちゃんらの輪のどちらにも入ってないほかの子たちは、一体どうなるのかと心配しながら、黙って机に向かっていた。

始業のチャイムが鳴り、みんなそれぞれの席に戻った。先生に泣き顔を見られないように、恵子は赤い花模様のハンカチで涙を拭った。隣の良ちゃんは勝ち誇ったように唇をとがらせ、ほほの肉をぴくぴくと動かした。

始めのあいさつで顔を上げたとき、先生と視線が合った。一番前の真ん前の席だから、これまでも同じように先生と目を合わせていたはずなのに、その日に限って恵子は伏し目がちになった。赤くはれた恵子の瞼に先生も少し驚いたようで、そのわけを尋ねるように、メガネの奥から細い目を大きく広げた。

恵子は何でもないというように、二、三回首を横に振った。先生はそれ以上しつこく尋ねようとはせず、すぐ黒板に向かった。

負の数正の数の説明など、恵子の頭には入ってこなかった。なぜ、良ちゃんが意地悪をするようになったのか、そればかりが気になって、授業どころではなかった。ノートに三角や丸の落書きを書きつけては、頭の中で良ちゃんとのことばかり考えていた。

良ちゃんが初めて怖い顔を見せたのは、漢字の読み合いっこをしているときだった。それまでは一度だってなかった。それどころか、恵子がきつい冗談を飛ばしても、良ちゃんは一度だって怒らなかった。それがどうしてこんなことに……。

良ちゃんの横顔を恐る恐る盗み見た。顔だけでなく首や耳やあごの下まで南洋の人たちのように焦げた色をしている。それだけなら、今までの良ちゃんとちっとも変わらないのに、何処か違ってよそよそしいのだ。

また、先生と視線が合った。先生の目は恵子の目からノートの方に移った。真っ黒に塗りつぶされた落書きを発見しても、先生は何も言わなかった。その代わりへの字に口を結んだ。先生は恵子がうわの空でいることに、初めから気づいていた。知っていながら何も言わないのは、恵子の赤い瞼のせいだろう。

先生の気持ちに応えて、恵子はえくぼをつくって見せた。色白なだけでどこと言って特徴のない顔の中で、えくぼだけは気に入っていた。「恵子は笑うとえくぼができてかわいいよ」というお母さんのほめ言葉を、恵子はよく心得ていた。

先生は恵子のえくぼには応えず、視線を黒板に移した。先生が書く数字は力がこもって、まるで物差しで測ったように行儀よく、カッカッカッとチョークを黒板に刻み付ける音が、切れ目なく聞こえていた。

恵子はノートへの落書きをやめ、チョークをにぎる先生の太くて大きい手に注目した。クラスのみんなも、食い入るように先生の手を追っている。算数が得意な良ちゃんの目が一段と熱く燃えているのが、はた目にもよく分かった。良ちゃんのむんむんとした熱気が、息遣いを通して伝わってくる。

「おい、良！　これ分かるか？」

分数と小数の混じった複雑な引き算だった。

「まかしといて」

さっさとノートの端っこで計算する鉛筆の音が聞こえてきた。一分も経たないうちに、良ちゃんはスラスラと答えを出した。

「良は天才だな」

と、先生が良ちゃんをほめあげると、教室の隅から「すげぇー」と歓声が上がった。

恵子はみんなと一緒に笑えなかった。先生やみんなを感心させ、得意顔の良ちゃんは、今や恵子にとっては重い存在だった。みんなの歓声が大きければ大きいほど、惨めな気分が募るのだった。

いつもなら良ちゃんと肩を叩き合って喜ぶ恵子が暗い顔をしてよそを向いているのを、先生は顔を傾けて不思議そうに観察していた。

「それじゃ、これはどうかな？」

割り算や掛け算がたくさん並んだ分数の問題だった。

先生はしばらく、だれに当てようかとみんなの顔を見回していたが、突然、恵子の前で視線が止まった。

「はいっ、恵ちゃん。良ができたんだから、恵ちゃんもできるな？」

先生がそう言った瞬間、教室中がシーンとなった。

笑い声一つ上がらず、息遣いさえ止まってしまったような静けさだった。張り詰めた空気が教室中に広がっていた。

運よく、終わりのチャイムが鳴り、不気味なまでに静かだった教室の雰囲気も、一気に溶けた。先生は腑に落ちないという風に、終わりの挨拶をしているみんなの前で、頭をひねり、何処か悲しそうな表情を残したまま、教室を後にした。

その日の放課後、課外クラブで鼓笛隊の練習をしている恵子に、先生から呼び出しの放送が入った。先生から特別に声がかかるのは、初めてのことだった。もしかしたら、涙のわけを尋ねられるのかもしれなかった。もしそうだとしたら、何から話したらいいだろう。先生に訊かれたときの言葉を探しながら、教室へ急いだ。

先生は卓球クラブから抜け出して来たばかりなのか、びっしょり濡れた運動シャツの胸の辺りをつかみ、パタパタとうちわ代わりにあおいでいた。

ポプラの木に囲まれた鉄筋の校舎を吹き抜ける風は、木陰を抜ける間にほどよく冷やされて心地よく、凌ぎやすかった。恵子の呼吸が整うのを待って、先生は口を開いた。

「家ではどうだね。お母さんの手伝いはできているかな？」

恵子はドギマギした。涙の理由どころか、突然、家の手伝いのことを持ち出され、用意していた言葉が使えなくなった。身を固くしてもじもじしている恵子のおでこを、先生の指が弾いた。

「そんなに緊張しなくてもいいんだぞ。今日は恵子と話がしたくて呼び出しただけなんだから」

と、先生は長いあごを突き出して言った。

先生には三日月と言うあだ名があった。あごが長く、頭の天辺が光っているので、みんながそう呼んでいた。先生とは五年生から持ち上がりの子たちのように親しくおしゃべりしたことがなかった。だから、先生とまともに向き合って話すのは、何だか恥ずかしくて、どうしてもぎこちなくなるのだ。

「お前のことは、お母さんからよーく聞いている。小さいときは、素直でいい子だったそうだね」

少しかすれた低い声で、恵子の顔を覗き込む先生が眩しくて、先生の話が終わるまで、恵子はずっと下を向きっぱなしだった。

先生の話の中には、涙のことも良ちゃんのことも入っていなかった。ただ、お母さんがとても心配しているということを強調した。恵子には思い当たることがあった。

このごろ、お母さんに八つ当たりする回数が増えた。六年生になって恵子が明るくなったのを喜んでいたお母さんにしてみれば、急に口答えするようになった恵子のことが心配の種になっていたのだ。

「嫌なことがあっても、我慢が大切だよ」

と、最後に残した先生の言葉を反芻しながら、少し薄暗くなったでこぼこ道を、重い足取りでわが家に向かった。

良ちゃんのことは、先生にもお母さんにも打ち明けていなかった。先生には気軽に相談するチャンスがなく、お母さんには心配を掛けたくなかった。幼いときから外でいじめられることが多かった恵子のことで、どれだけお母さんを悲しませてきたことか……。

その夜、お母さんと大喧嘩になった。

「何も分かってないくせに、どうしてうちのこと、先生に話したんね！」

それが皮切りだった。心配を掛けたくないという気持ちとは裏腹に、荒い言葉が口を突いて出た。

「親に向かって、どういう口を利くんね」

お母さんも負けていなかった。厚ぼったい瞼の奥から、切るように冷たい目を向けられては、ぐうの音も出なかった。

恵子はお母さんに分かってもらえないもどかしさと、学校で味わった惨めな思いのはけ口を失って、柱が崩れた家のように、心の中がぼろぼろだった。

翌朝、どうしても学校に行く気になれなくて恵子は、「学校に行きたくない」と駄々をこね、お母さんを困らせた。

涙ではれあがった恵子の瞼を見ながら、

「その顔じゃ、外に出られないわね。今日のところはお母さんから休みの届を出してあげるけど、こんなことは絶対、これっきりよ」

と、お母さんは同情したものの、くぎを刺すことを忘れなかった。

一日明けて、恵子は登校した。廊下で擦れ違うみんなの目が、どことなくよそよそしい。教室の入り口に立ったとき、少し、足が震えた。教室を流れる空気が、おとといのものとは違っているのだ。

恵子は恐る恐る席に着いた。隣の良ちゃんは先に座っていて算数の練習帳に向かっていた。ずる休みの後ろめたさが、うなだれた首筋ににじんでいる恵子の席へ、雅子がやってきた。

「恵ちゃん、もう熱下がった？」

雅子は顔だけでなく体全体が風船のようにまん丸で、まるで風船が転がるように軽快に動くのだ。お腹の底からふわっとこぼれ出すもの柔らかな雅子の声を聞いて、落ち込んでいた恵子は元気を取り戻した。

「うん、もう大丈夫なんで」

「そんならいいんだけど……。みんなで心配してたんよ」

あんたのせいかもよと、雅子はちらっと良ちゃんの方へ目をやりながら、聞こえよがしに言った。でも恵子の弱みに触れるような嫌味でないことは、気さくに恵子の前に差し伸べた、雅子の手のぬくもりから察しられた。

握手する二人のようすを見て見ぬふりをしていた良ちゃんが、きまり悪そうに頭を掻いたのは、見間違いではない。その日から何かの弾みで良ちゃんの机に触れても、良ちゃんは文句だけは言わなくなった。ただ、良ちゃんが恵子とまともに視線を合わせようとしないところは、それまでとちっとも変わっていなかった。

心のもつれが解けないまま、夏休みに入った。恵子が所属する鼓笛隊は、十月の運動会の行進に参加するため、猛練習に入った。音楽室は狭いので、シロツメ草が群生する中庭の一角が、練習場に当てられた。

中庭を取り巻くように植えられた松の木陰は風通しがいい上に、足の下からシロツメ草が発するひんやりとした水気が這い上がってくる。炎熱に煽られ、焦げ付くように暑いグラウンドとは、別世界だった。

松の木陰からは、グラウンドが見通せた。そこには恵子がひそかに思いを寄せている近藤君がストライクを狙って、投球に熱中していた。近藤君は五年生のときのクラスメートだ。口数が少なく親切な子で、意地悪な女の子たちに手袋を隠されたときも、暗くなるまで手袋探しを手伝ってくれた。

クラス替えで、離れ離れになり話すチャンスもなくなったが、その近藤君の活躍ぶりを横目に、行進曲の練習ができるのだから、まさにパラダイスだった。ちなみに恵子のパートは小太鼓だ。恵子は打楽器のあのボーンと弾けるような響きが大好きだった。だれにも気づかれず、ひそかな楽しみを与えてくれるシロツメ草の絨毯の上での練習は快適だった。

ときどき、鼓笛隊より野球クラブの練習の方が早く終わることがあった。くたくたに疲れた選手たちは、シロツメ草の絨毯の前を、目もくれず無言で通り過ぎて行った。その中には近藤君はもちろん、良ちゃんや良ちゃんと一緒になって恵子をはやし立てる悪たれたちも混じっていた。

新学期が始まった。残暑を一層煽り立てるように、校舎のあちこちから賑やかなおしゃべりがもれ聞こえた。夏休みの間途絶えていた良ちゃんや悪たれたちによる嫌がらせが、再び芽を吹き始めた。悪たれたちのたまり場を避け、席に着こうとしたそのとき、

「赤いスカート、ひーらひら！」

悪たれたちの裏声が、恵子の背中に張り付いた。恵子は振り向かず、すっと席に着いた。

「無視だ！　無視だ！」

口々に喚く悪たれたちの声は、耳を塞いでも恵子の耳に聞こえてきた。恵子には悪たれたちの吐き出す言葉の意味が呑み込めなかった。何を思って大人びた言葉を投げつけてからかうのか、思い当たる節はなかった。だから、振り向くことも言い返すことも諦めていたが、悪たれたちの言葉は気になった

もしも何かあるとしたら、近藤君のことをさしているのかもしれなかった。近藤君のことは

遠くから眺めているだけで、友達のだれにも明かしていない。ただ、五年生の手袋事件のとき、近藤君が恵子の味方だったことを知っている女の子はたくさんいた。その子たちの口から悪たれたちに伝わったのだろうか……。

目に見えない悪意に恵子は一日中、心が晴れなかった。顔がこわばり、目じりがとがった恵子の心を、さらにずたずたに引き裂く事件が起きたのは、それから間もなく経ったころだった。

運動会を間近に控え、午後の授業はほとんど練習に当てられた。給食がすむと、どの教室からも歓声が上がり、校内に熱気と興奮が渦巻いた。男の子たちは一刻も早く運動場へ出ようと、女の子たちに着替えを急がせた。更衣室がないので、男女交代で教室で着替えるのだが、その日は女の子が先に着替え、その後で男の子が着替える約束になっていた

恵子は悪たれたちが焦っているのに気づいていた。だからぼんやりしている暇はなかった。手早くブルマーに履き替え、運動シャツを引っかぶろうとしているところへ、廊下で待機していた男たちがなだれ込んできた。

「何で早う、出ないんやー」

真っ先に良ちゃんが恵子に突っかかってきた。

「今出るところよ」

言い終わらないうちに、良ちゃんが恵子の肩をプチンとはじいた。

「何するん！　他にもまだいるでしょ」

恵子はまだ着替えの終わっていない五、六人の女の子たちに目を這わせた。

「つべこべ言わず、出ろよ。好き者が……。早う出ろよ」

と、今度は強く背中を押して来た。

恵子は前につんのめった。屈辱が体中を駆け巡り、怒りを抑える力を失った恵子は、崩れるように廊下に転がり出た。

「ひどいったら、ありゃしない」

ぶつぶつ言いながら男の子たちに追い出された女の子たちは、廊下にうずくまって泣いている恵子を見つけると、駆け寄ってきた。

「恵ちゃん、泣かんで！」

口々に恵子の名を呼び、恵子の震える肩に手を回し、恵子を取り囲んだ。

慰めの言葉を聞くほどに、口惜しさと悲しみが波のように押し寄せて、恵子は肩をひくひく震わせてしゃくりあげた。もう見てくれなどどうでもよかった。頭の中がぐつぐつと煮立って、ゆがんだ顔をつくろう気にはなれなかった。

なかなか泣き止まない恵子を責め立てるように、始業のチャイムが鳴った。整列に間に合わないと、大目玉だ。

「恵ちゃん、そのままここにおってね。先生にはちゃんと伝えてあげるから」

そう言い残すと、雅子はほかの女の子たちと連れだって運動場に向かった。

みんなの姿が消えるのを待って、恵子は立ち上がった。学校には居たくなかった。少しでも遠くに逃げ出したかった。学校を抜けだしたらどうなるかなど考えるゆとりもなく、恵子は学校を飛び出した。気が付いたときには、一キロ離れたわが家に辿りついていた。

「まあ？　今ごろ、どうしたんね？」

突然、玄関に立ちはだかった恵子の姿を発見し、お母さんはびっくりして大声を上げた。よく見ると目の辺りを真っ赤にはらしているではないか。

「学校なんか、やだっ！」

「やだって、どうしたんね？　何があったの」

帰ってくるはずのない時間に戻ってきた恵子に、お母さんはおろおろした。

「やだ！　やなもんはやだ！　やだ、やだ」

駄々をこねるなり、恵子は乱暴に靴を脱ぎ棄て部屋に上がり込み、激しく泣きじゃくり始めた。

「駄目、駄目よ。何があろうと、途中で帰ってくるなんて、絶対駄目！」

お母さんは転がり込んだ恵子を抱き上げながら、厳しい口調で言い放った。

恵子を諭すお母さんの目には涙がにじんでいた。何もかもお見通しの悲しそうな目で、お母さんは恵子の顔を覗き込んだ。これまで何度も見たお母さんの涙。心配そうに眉間にしわを寄せるお母さんの顔を見ているうちに、恵子は自分がとんでもないことをしでかしていることに気づいた。

後悔の気持ちが胸いっぱいに涌き上がった。お母さんを悲しませるようなことを、どうしてしてしまったんだろう。学校を勝手に抜け出して帰ってくるなんて絶対にいけないことなのにどうしてこんなことに……。

自分がしたことを思い出すことさえ恐ろしかった。これが夢であってくれたらどんなにほっとするだろう……。考えれば考えるほど、胸が張り裂けそうで苦しくなった。

「ちゃんと戻るんよ。戻って先生にあったことを正直に話しなさい。分かったね？」

何度も念を押すお母さんの励ましの言葉に背中を押され、恵子は学校に戻る決心をした。

学校までの道のりは遠かった。少しでも早く学校に戻って先生に謝ろう。先生もきっと分かってくれるに違いない。気持ちが焦れば焦るほど、足がもつれて、少しも進まない。

坂道を三つ越え、幼稚園と保育園を通り越せば、すぐ小学校の建物が見えてくるはずなのに、思い通りに足が進まず、悔し涙がにじむのを手でぬぐいながら、もうやけくそになって走った。

やっと桜並木の向こうに鉄筋の白い校舎が見えてきた。ほっとしたのもつかの間、今度は後ろめたさがどっと押し寄せてきた。

学校を勝手に抜け出した恵子のことを、先生や友達はどう思うだろう。友達からはさぼりのレッテルを貼られ、また、意地悪をされるかもしれない。先生の方はどうだろう。どういうつもりでそんなバカげたことをしでかしたのかと、白い目を向けてくるのだろうか。それともカッと目を見開いて怖い目でにらみ付けて来るのだろうか。どちらにしても、みんなの視線にまともに応えられる心境ではなかった。

門に近づいてみると、まだ帰りの会の最中らしく、校舎はシーンと静まり返っていた。恵子の教室がある二階の棟も、恵子の足音に耳を澄ますように物音一つしない。ただ人の気配だけは確かに伝わってきた。見慣れたはずの校舎や校庭の雑草までが、敵意をむき出しにして恵子を見据えているようで、なかなか校門の中に足を踏み込めなかった。

終わりのチャイムと同時に、足音が校舎からもれ始めた。恵子は校門の陰に身を隠した。体がはみ出さないように、コンクリートの門にしっかりと体をくっつけ、息を潜めた。課外クラブのない下級生らが通学団ごとに現れた。ぺちゃくちゃおしゃべりしながら歩いているので、門の陰に身を潜めている恵子には気づかずそばを通り過ぎた。

課外クラブのため運動場に向かう五、六年生の姿が見えなくなるのを見計らって、恵子は校舎に近づいた。何かの用事でまだ校舎に残っている子がいないか、こそっと確かめながら、だれにも気づかれないように、下を向き、忍び足で教室に潜り込んだ。

教室は空っぽだった。きちんとそろった机と椅子。夏休みの宿題のポスターが貼られた掲示板。明日の連絡事項が書かれた黒板。何もかもがいつもと変わらない風景だった。違うのは勝手に学校を抜け出して、後ろめたい思いをしている恵子が、そこにいるという事実だけだった。

まだ人のぬくもりが残っている教室で、自分の席の椅子に腰かけた。その日に起こった出来事が嘘のように感じられる静かな教室にいると、心が落ち着く代わりに、改めて恥ずかしさが込み上げてきた。

何であんなことぐらいで逃げ出したのだろう……。良ちゃんが突っかかってきたとき、取り合わずにさっさと教室を出ていたら、それで終わっていたかもしれないのに、負け犬のようにおいおい泣き出した上に、学校を勝手に抜け出したのだ。弱虫の自分がほとほと嫌になってきた。

机にうつぶせになっていると、廊下で足音がした。床をこするように歩いてくるのは、岩永先生だった。

先生は教室に入ってくるなり、

「恵ちゃんほど賢い子がどうしたんね？」

と、八重歯をのぞかせ、からかうように言った。

恵子は目を伏せた。恵子の愚かさを見抜いていながら、穏やかな言葉で迎えてくれる先生の心遣いに、一度は上げかけた顔をまた伏せた。

「あんなことくらいで、学校を抜け出すなんて、恵ちゃんらしくないで」

先生の言葉はもっともだった。弱虫の恵子とからかわれても、返す言葉もない。先生は恵子が良ちゃんとうまく行ってないことを知っていた。初めて恵子を呼び出したとき、先生はすべてのことをお見通しだったのだ。

「良には、恵ちゃんのこと、話してあるんだけどなあ……。良も家の方が大変なんだ。かわいそうな子なんだよ」

先生は良ちゃんの肩を持つような言い方をした。恵子にはなぜ良ちゃんがかわいそうな子なのか全く分からなかった。悪たれたちと乱暴な言葉を浴びせ、恵子が泣き出すのを喜んでいる良ちゃんを許す気にはなれなかった。

下を向いたまま、不服そうにほっぺたを膨らませる恵子を見て、

「恵ちゃんには、優しいお母さんがいて幸せだね」

と、先生は良ちゃんとは関係ないことを持ち出した。

そんなことより、良ちゃんがなぜ、恵子に意地悪をするのか、その答えが聞きたかった。でも先生はそのことは一言も口にしなかった。そればかりか、良ちゃんのことは許してやってほしいというのだ。

「良には恵ちゃんのこと、よーく話しておくから、あんまり気にせんことだ」

恵子の肩にそっと手をかけ、慰めてくれる先生を、これ以上困らせるわけにもいかず、恵子は下を向いたまま、小さくうなずいた。

「さすが恵ちゃんだ。先生うれしいよ。そこで頼みがあるんだけど……」

と先生は話題を変えた。運動会の後は十二月に学習発表会がある。そのときピアノを弾いてほしいというのだ。クラスの中でピアノが弾けるのは恵子しかいないことを先生は知っていた。先生に手伝いを頼まれて嫌なはずはなかった。恵子は一も二もなく引き受けた。

「曲は『母さんの歌』なんだ」

と、言うが早いか、先生はズボンのポケットからしわくちゃの譜面を取り出した。

その手早さと言い、よれよれの譜面に息を吐きかけ、手アイロンをかける仕草と言い、恵子には滑稽でならず、思わず吹き出した。

石のように固くなっていた恵子が、口に手を当て、くっくっくと笑うのがうれしいのか、先生も恵子の仕草をそっくり真似て、おどけて見せた。

重苦しい空気がいっぺんに吹っ飛んだ教室で、すっかり打ち解け合った先生と雑談を交わしているうちに、西に傾きかけた夕日が、白い校舎と辺りの空気を茜色に染めていた。見事な夕晴れの空に見入る恵子の前を、心地よい風がそっと吹き抜けた。

その日起こった悪夢のような出来事を、丸ごと山の端に沈めてくれそうな涼しい風は、もしかしたら、先生からの贈り物かもしれない、恵子はそう思った。

残暑が厳しい夏も終わりを迎え、空高く、ピストル音が鳴り響くグラウンドは、運動会の予行練習の真っ最中だった。行進の先頭に立つ鼓笛隊の役目を終え、ほっとしているところへ、妙なニュースが舞い込んだ。

体の不調で見学しているはずの良ちゃんが、教室にいて、黒板に、「恵ちゃんが好き、好き好き」と落書きしているのを見たというのだ。そのニュースを持ち込んだのは洋子だった。洋子は良ちゃんに意地悪されて困っている恵子を、雅子の次に庇ってくれる親切な子だった。

忘れたハチマキを教室に取りに戻ったときに、その現場を見たという。恵子は洋子の話を聞いて、何かの間違いと思った。もしもほんとに好きだったら、恵子に対してあんな意地悪は絶対にできないはずだ。恵子が信じられないとでもいうように首を傾げると、

「でも、確かに恵ちゃんと書いてあったよ」

洋子には悪いが、恵子は最後まで認める気にはなれなかった。というのは、洋子が良ちゃん

のことを好きなのをうすうす感じていたからだ。恵子に意地悪する良ちゃんに洋子はよく突っかかっていったが、「今度手を出したら承知しないから」といたずらっぽく良ちゃんにウィンクを送り、ちょっぴり本音を覗かせていたのだ。

先生に励まされたり、信じられないが洋子からのニュースを耳にしたりしたころから、意地悪な良ちゃんのことが、以前のようには気ならなくなった。

先生は軽く触れただけで、はっきりとはいわなかったけれど、良ちゃんには何か家庭の事情がありそうだった。良ちゃんが恵子にだけ意地悪をするように見えたのは、思い過ごしだったのかもしれないと、自分に言い聞かせることができるようになった。

運動会の興奮が冷めた後は、学習発表会の準備で忙しくなった。恵子は家に帰ると、先生に頼まれた「母さんの歌」のピアノ練習に、一日二時間以上は費やした。そして、鍵盤をたたきながら、ふと、指揮者はだれがやるのどろうと思った。

恵子がピアノを弾くことや、発表の曲目が「母さんの歌」であることを、先生はみんなの前で発表していなかった。先生はもしかしたら指揮の方もだれかにこっそりと、練習させているのかもしれなかった。だれが指揮者に選ばれているのか、想像するだけで胸がわくわくして、ピアノの練習も弾んだ。

恵子が学校を抜け出した事件で、多少とも後ろめたさを感じているのか、恵子と視線が合うと目をそらす良ちゃんのことが、少し気がかりだったが、ピアノに夢中の今は、何もかも頭の中から消えていた。

練習を重ね、思うようにピアノが弾けるようになったころには、太陽に焦がされて白く見えていた空も、透き通るように青い秋の色が染みるようになっていた。校舎の窓からはさらっと乾いた風が舞い込んで、掲示板のポスターがはたはたと風に揺れていた。

学習発表会を一か月後に控え、どの学級もそわそわどきどきと色めき立った。

「おーい、岩永学級は『母さんの歌』だぞー」

先生が突然、宣言した。

「ええっ？　母さんの歌？」

「なにーそれ？」

先生の独断にみんながあっけにとられたのは言うまでもない。ポカーンと口を開けているみんなに向かって、

「母さんの歌で悪いかー？　母さんは世界で一番大切な人だな。その母さんの歌を歌うんだぞー？」

と、先生は変な理屈をつけた。

「良、どうだ？　いい歌だろう？」

先生は得意顔で良ちゃんの反応をうかがった。みんなの目を気にしてか、良ちゃんは声を上げなかったが、口元は微かに開いてにんまりだった。

「よし、良はいいと言っとるが、お前たちはどうだ？」

今度は悪たれたちの方に目を向けた。

悪たれたちは、いつもの調子で、

「やだー、もっとかっこいい奴がいい」

と口をそろえて反対した。

「そうか。でも良はいいと言っとるぞ。なあ、良？」

先生は再び、良ちゃんの方を見た。

悪たれたちと良ちゃんの間を行きかう先生の熱っぽいまなざしにつられて、結局、「母さんの

歌」に決まったが、そのたびに先生の細い目がきょろきょろと動くので、それが滑稽で、みんな笑い転げた

「ところで、伴奏と指揮の方はどうする？」

先生の提案が核心に迫ってきた。恵子は先生が何を言い出すのか、気が気でなかった。みんなの前で発表でもされたら、それこそ良ちゃんや悪たれたちに何を言われるか、そのことが気になって、恵子はずっと下を向いていた。

「ピアノと指揮の方はちょっと技術がいるので、先生にまかしてくれるかな？」

と、先生がみんなに目を送ると、だれ一人反対する者もなく、恵子はほっとした。練習が始まれば分かってしまうことだけれど、今、この場で発表されるよりはましだった。

その日の放課後、先生にピアノのでき具合を見てもらうため音楽室に行くと、すりガラスの向こうから先生の声がした。どうも、もう一人いるようだ。それがだれなのか、気になってドアの前に立ち止まった。

「恵ちゃんか？　入ってもいいぞ」

入口のガラス戸に映った人影に気が付いた先生は、大声で恵子を呼んだ。

恐る恐るドアを開けると、そこには先生のほかに一人の少年がいた。その子の顔を真面に見るだけの度胸が、恵子にはなかった。先生の傍を横切り、ピアノに向かうと、恵子は勝手に「母さんの歌」を弾き始めた。先生は何も言わなかった。

「母さんの歌」にいっぱい思いを込めた恵子の演奏に耳を傾けながら、そこにいた少年は腰かけたままリズムを取り、小刻みにタクトを振るポーズを取った。先生が指揮者に選んだのは、あの色黒の少年、そう、良ちゃんだったのだ。

「良、『母さんの歌』はいい曲だろう?」

三番まで弾き終わったところで、先生は早速、良ちゃんに声をかけた。

「はい」

遠慮がちに、良ちゃんはうなずいた。

「お前のことが頭にあって、『母さんの歌』を選んだんだ。まあそんなところだ。きょうはここまでだが、せっかく、おふくろさんが戻ってきてくれたんだから、大事にするんだぞ」

恵子の前で先生に慰められるのが恥ずかしいのか、照れ隠しにべそをかきながら出て行く良ちゃんを、先生はドアに手をかけ、体を乗り出して見送った。

良ちゃんと先生の会話から、良ちゃんの家庭の事情が恵子にはやっとつかめた。何かの事情で、お母さんが良ちゃんを残して家出したのだ。良ちゃんは恵子に乱暴な言葉を投げつけることで、寂しさを紛らわせていたのかもしれなかった。

「恵ちゃんの想像通りなんだ」

「そんな事情を知らなかっなものだから……」

良ちゃんと漢字の当て合いっこをしていたあの日。今思い起こすと、お母さんに関係ある漢字ばかり取り上げた気がする。例えば、継母とか、乳母とか、それから……。

ピアノはそっちのけで、必死になって思い出そうとしている恵子を見て、先生は笑い出した。

「もういいよ。そんな理由だけで、恵ちゃんにつらく当たっていたわけじゃないんだから」

先生は良ちゃんが恵子に意地悪をするようになったわけが、他にもあるような口ぶりだったが……。

良ちゃんの悲しみや辛さも知らず、自分だけが被害者とばかり思っていたことが恥ずかしかった。

「そんなことより、五、六年生ともなれば、男の子が女の子にちょっかいをかけるなんてよくあることだ。恵ちゃんにもそのうち分かるようになるさ。ところで、良のやつ、恵ちゃんがピアノを弾くことを承知で、指揮を引き受けてくれたんだぞ」

先生はまたまた恵子をびっくりさせるようなことを口にした。

全く、信じられない話だった。あの良ちゃんが恵子と呼吸を合わせる役目をすんなり受け入れたはずがない。きっと、先生が無理に説得したに違いない。どんな巧みな言葉で良ちゃんに「うん」と言わせたのか。いたずらっぽく八重歯をのぞかせる先生の表情を見ていると、何かわなにはめられているようで、薄気味悪くてしょうがなかった。

「先生はな、良と恵ちゃんが仲直りしてくれたら、今度の学習発表会もうまく行くって信じているんだ」

二人の心を一つにして、何とか学習発表会を成功させたいという先生の熱い思いが伝わって来た。恵子は先生のその言葉にほだされた。胸に手をやると、赤い血が溶けて流れてしまいそうになっていた。

遅くなったので家まで送ってあげようとの先生の言葉に甘えて、薄闇が広がり、人通りがなくなった道を、先生と一緒に急いでいると、わが家に近い橋の上にたたずんでいる白い影が、ぼーっとかすんで見えた。

二人の前に駆け寄ってきたその白い影は恵子のお母さんだった。帰りが遅いのを心配して迎えに来たお母さんに詫びを入れる先生に、「いつもご迷惑ばかりお掛けして、申し訳ありません。そうぞ、お茶でも召し上がって行って下さい」

と引き留めるのを、先生は「おふくろが待っていますので」と、断った。

そういえば、先生はお母さんと二人きりの家族だと、恵子はうわさに聞いたことがある。「母さんの歌」を発表の曲目に選んだのも、何か関係がありそうだった。それならばなおのこと、先生のためにも「母さんの歌」を成功させねばと、大きな肩を左右に振って帰っていく先生の後ろ姿を見送りながら、恵子は心に誓った。

先生に音楽室で引き合わされた日から、良ちゃんは少し変わった。顔つきが優しくなってどことなく大人びた感じがするのだ。恵子にちょっかいを掛けようとする悪たれたちと一緒のときも、さりげなく彼らの口を封じた。悪たれたちはそんな良ちゃんの態度をいぶかっているようだった。

「母さんの歌」の練習は、それまで通り、先生の指揮で進められた。ＣＤに収めた恵子が弾いた曲をパートごとに歌う賑やかな歌声が、教室のあちこちから聞こえてきた。パートごとの練習が完成したころ、先生は初めて伴奏者と指揮者の氏名を発表した。

悪たれたちは待っていましたとばかりに、良ちゃんと恵子をはやし立てた。でも、嫌な顔もせず、まじめに受け止めている良ちゃんの顔を見て、申し合わせたようにピタっと口を閉じた。

いよいよ、総合練習に入った。良ちゃんはピアノを背にすっくと立ち上がると、両手を高く掲げた。顔を少しだけ恵子のピアノの方にねじ向け、頼むよと念押しするように合図を送ってきた。何もかも水に流した後の、きらきらと輝く爽やかな目だった。

先生が選んでくれた「母さんの歌」は家庭の温かさをしみじみと感じさせてくれる曲だった。みんなの心が一つになった合唱を聴きながら、拍子取りに夢中の先生に見守られ、懸命に鍵盤をたたく恵子には、意地悪ばかりされた良ちゃんとこうして息を合わせて練習できる日が訪れようとはゆめゆめ、思い描けなかっただけに喜びを隠せなかった。

一方、良ちゃんもタクトを振りながら、恵ちゃんのことを考えていた。お母さんに家出され気持ちがむしゃくしゃしていたちょうどそのころ、仲良しの恵ちゃんに好きな子がいることを知った。相手は良と同じ野球クラブで一番のライバルの近藤君だった。たまらなくて恵ちゃんに意地悪を重ねてしまった。

揺れる気持ちを察していたに違いない先生の計らいで、こうして恵ちゃんとコンビを組めた今、思い切り恵ちゃんと力を合わせて学習発表会を成功させようと、腕に力を込めた。

「今日のところはここまでだ。この調子だと本番はうまく行きそうだ。あともう少し頑張ろうな」

先生は一人ひとりの声がよく溶け合って、葉陰でさえずる虫たちの合唱に手が届きそうな手応えを感じているようだった。

みんなを教室に返した後、先生は良ちゃんと恵子に居残るようにそっと耳打ちした。

「伴奏と指揮があれほどぴったり合うとは思わなかったよ。さすがだな。これも二人のお陰だよ。ほんと」

感慨深げに良ちゃんと恵子の顔を見比べ、フーッと優しく息をついた後、

「あっ、そうだ。ちょっと用事を思い出した」

と先生は急にそう言い残すと、慌てて職員室へ戻って行った。

音楽室は良ちゃんと恵子の二人きりになった。みんなが練習しているときはのびのびと感じられた音楽室も、二人きりになると恥ずかしさも手伝って、何だか空気が淀んできたみたいで、

息が詰まりそうになった。

窓外の風景に誘われるように、恵子は窓辺に寄った。黄色に色づいたポプラの葉が風に揺れ、ときどき、風のいたずらで枯れ葉が宙に舞った。

「恵ちゃん！」

突然の声に、恵子はドキッとした。良ちゃんにそんな風に名前を呼ばれるのは、半年ぶりのことだった。

恵子は返事の代わりにくるっと後ろを振り返った。良ちゃんは椅子に腰かけたまま、窓際の恵子の頭越しに、ポプラの木の天辺に広がる青い空を見上げていた。

「今ごろの空って、何だか寂しい色しとるなあ」

良ちゃんはしみじみと言った。

ギラギラと燃え盛る夏の空に比べれば、晩秋の空は静かで穏やかだった。雲一つなく青いビー玉のようによく透き通った穏やかな空を見上げていると、安らぎを通り越して、もの悲しくなってくるのだ。

「そうね」

恵子は言葉少なめに答えた。だから会話はそのまま途切れた。

恵子は再び。ポプラの葉に目を移した。良ちゃんとの仲がこじれたころ、ポプラの葉はにおい立つような萌黄色だった。あれから雨や風にさらされ、燃えるような太陽に焦がされているうちに、少しずつ、色を変えて行ったのだ。

木の枝から零れ落ちるポプラの葉は、さまざまな出来事の終わりを告げていた。来年の春にそなえて、何もかもふるい落として、生まれ変わろうとしているのかもしれなかった。

「良ちゃん、ちょっと来て」

蝶のように風に舞う黄色の葉を眺めているうちに、良ちゃんへのわだかまりも溶け始めた。

「来春に美しい葉を付けるため、葉を落としとるんよ」

「ふーん、そうか」

のそっと椅子から立ち上がると、良ちゃんは傍に寄ってきて恵子と肩を並べた。

くるくると円を描いて地面に散るポプラの葉を、四つの瞳が追った。わんぱくで寂しがり屋の子も、臆病で泣き虫の子もそこにはいなかった。

「恵ちゃん、ごめんな。今まで意地悪ばかりして……」

良ちゃんは大きな目を恵子の瞳にしっかり見据えて言った。

「ううん、いいんよ。分かってくれたら、それで」

良ちゃんの心が寂しくならないように、恵子はえくぼをつくって見せた。

良ちゃんは胸のつかえが取れ、ほっとしたのか、久々に恵子の前で白い歯をこぼした。長い間、まともに視線を合わせなかったうちに、良ちゃんの黒い顔は一段と焦げてたくましくなっていた。とげのある鋭い目には、穏やかな色が揺れている。

「オーイ、練習を始めるぞ。隣の学級も『母さんの歌』をやるそうだ。いい勝負になるぞ」

突然、割り込んだ先生の声に、良ちゃんと恵子は思わず顔を見合わせ、にっこり笑った。

岬に立つ子ら

そぼ降る雨が伊勢の海を灰色に包み、水平線上に浮かぶ大小の島々が白く煙っていた。

三月の雨しずくは先生の到着を待つ五郎たちの顔や体を冷たく濡らした。担任だった木原先生は鳥羽行きの船で在所に帰ることになっていた。フェリーが出発するばかりのエンジン音を立てている。

「せんせー、おっせーなあ」

骸骨のように痩せこけたちび猿の栄治が、待ちくたびれ顔でつぶやいた。

「先生は絶対来るっちゃ。四時の船で出発するって言ったもん」

もともと右にねじれた頭をさらに傾けて、五郎は口をとがらせた。

いよいよ先生とお別れと思うと、やもたてもたまらず、五郎は先生に電話で確かめたのだ。

先生がいい加減なことを言うはずはない。

傘もささず、今か今かと待ちあぐねて、小雨の中に突っ立っている五郎たち七人のやんちゃ坊らの前に、先生がやっと現れた。

「あっ、先生だ！」

先生の姿を一番に見つけたのは節ちゃんだ。節ちゃんはいつも薄汚れたジャンパーを引っ掛けていたが、きょうは胸のところに赤い花がらの可愛らしいセーターを着ている。

真っ白いスプリングコートをはおり、栗毛の髪を後ろに低く束ねた木原先生は、片手で大きなスーツケースを転がし、もう一方の手は見るからに重そうな旅行バッグのベルトを肩で抑えながら、急ぎ足で駆け込んできた。

「先生！」

みんな口々に叫びながら、先生の傍に走り寄った。

「あらー、君たち、この雨の中を傘もささず、見送りにきてくれたのね」

先生はびっくりしたように雨露で顔が光って見える七人の顔を見据えた。みんなも白い歯をちょっぴりのぞかせてうなずいた。

「先生、これ……」

五郎はさっそく、もそもそとズボンのポケットから赤いリボンの付いた小箱を取り出し、先生の胸に押し付けた。

「あらっ、なあーに？」

「後で開けてみたらわかる。みんなで買った」

「ええっ。そうなの？　もらってもいいの？」

「いいっちゃ。みんなからの贈りもんだもん」

「じゃあ、遠慮なくね。みんなに送ってもらった上に、贈り物までもらって、先生、幸せもんよ。中身、楽しみにしてるよ」

　大事そうに小箱をコートの内ポケットに仕舞う先生の目には、うっすらと涙がにじんでいた。

「君たちのことは、いつまでも忘れないから」と、一人一人の顔に熱い視線を注ぐ先生と別れを惜しむ間もなく、せき立てるように出船のどらが鳴る。改札の鉄の鎖がガチャリとかけられた。

　みんなの方を振り返りながら、桟橋を駆けていく先生の後ろ姿を、鉄の鎖から乗り出し大手を振って見送った。これが最後と思うとたまらなくなって、五郎らは港を見下ろす岬の空に突き出た鉄塔を見上げた。

「みんな！　あの鉄塔に登ろう。あそこからなら船が見える」

口を切ったのは貴ちゃんだった。貴ちゃんは五郎より歳が一つ上だ。木原先生には二年も教わっている。

鉄塔はあちこちがさびて、今にも壊れそうな上に、立ち入り禁止の立て札が立っていることを、みんなは知っていた。でも、だれ一人貴ちゃんの意見に反対しなかった。鉄塔の上からは桟橋をはじめ、港に出入りする船がよく見えるのだ。

七人のやんちゃ坊らは冷たい風を切って、一目散に鉄塔に向かった。岬の急な階段を登りつめると、鉄塔がすぐ目の前に現れた。

真ん中辺の鉄の梯子は、二、三段崩れ落ちているばかりか、登り口の階段も雨に濡れて一歩踏み込むと、今にも体ごと滑り落ちていきそうだった。みんなは思い合わせたように一瞬動きを止めた。でも、ここでやめたら先生の船が見えなくなってしまう。

五郎は貴ちゃんの袖をつかむと、勇気を奮い立たせて赤さびた手すりに手をかけた。みんなも五郎と貴ちゃんに続いた。最後から付いてきたのはぬいぐるみのようにかわいい敬ちゃんだ。敬ちゃんは暗い目を崩れ落ちた梯子に注ぎながら、それでも足を踏ん張って登ってくる。

みんなが岬の見晴らし台に登り切ると、いつの間にやら霧雨も止んで、西の空の雲が切れ、伊勢の海がくっきりとその青さを広げていた。

先生のフェリーはちょうど入り江を出るところだった。看板から腕を交差させてバッテンを作り、危ないとでも叫んでいるのか、先生は口をパクパクさせていた。

「鬼ばば先生！」

みんなの呼び声は、湿った空中を電流のように走って、フェリーにこだました。

分厚くて長い襟巻を風にさらし、大手を振っている貴ちゃんを見て、五郎はカーデガンを脱いだ。続いて栄治がセーターを脱いだ。節ちゃんや敬ちゃんは脱ぐものがないとでもいうように、男の子たちの方を恨めしそうににらんだ。

下から吹き上げてくる冷たい春の風が、はだけた体に痛くしみいるのも忘れて、五郎はカーデガンを高く振り上げた。

「せんせーい、鬼ばばせんせーい！」

ほっぺたに張り付いた湿ったものをぬぐいながら、青い広がりに飲み込まれていくフェリーに向かって、みんなはさび付いた鉄の手すりから身を乗り出し、声を枯らした。

そこら中に鳴り渡るみんなの呼び声もむなしく、フェリーはいよいよ遠くなり、やがて水平線上に浮かぶ島陰に隠れて見えなくなった。

思えば一年前の入学式。温かい春の風に誘われて、五郎は胸ときめかせながら、桜のトンネルを抜け校門をくぐった。

目指す教室には、「木原学級」の札が下がり、中心部に七つの机が並べられていた。担任の先生はみんなより先に教卓の前に立っていた。先生は真っ白いレースの服に長い髪を上の方で束ねている。小柄でふっくらとした色白の先生は優しそうだった。

「今日から君たちと一緒に勉強することになった木原京子です。十四の瞳に見つめられて、とってもうれしい。仲良くしてね」

ちょっとしゃがれ声の先生は、切れ長な細い目を精一杯広げ、猫のように光る眼玉を大きくひん剥いた。

「ばばーだぎゃ」

五郎の斜め後ろに座っている赤いほっぺたの子が、冷やかし半分に叫んだ。

「あらっ、そう？　先生はまだ若いのよ」

「けっけっけ、うそだぎゃ」

「ほんとよ。ねぇ、貴ちゃん？」

先生に念を押された貴ちゃんは、新入生ではなかった。一年前に木原学級に入学した子で、先生とはお馴染みだった
「さぁ？　ぼかあ、知らん」

空とぼける貴ちゃんを見て、みんなは口々に「ほら、やっぱし、ばばあだぎゃ。ばばー」と、大声ではやし立てた。

先生は苦笑いすると、「ばばーでもいいけど、みんないい子でいてよ。みんなが悪いことしたら、先生、怒るわよ。怒るとすっごく怖いんだから」と、みんなをにらみつけるふりをした。

「やっぱ、鬼ばばだぎゃ」

栄養が足りなくて骸骨みたいにやせこけた子が、真っ白い歯をむき出してはむかった。

そんなやり取りが五郎にはおかしくてならず、吹き出しそうになった。両手を口に当て、グッと笑いをこらえていると、「君、そんなにおかしい？」と先生は五郎の顔を覗き込み、じーっと見つめた。

「わー、鬼ばばだぎゃ」

笑いを隠し切れず、五郎はとうとう椅子をけって逃げ出した。

「君の名は五郎だったっけ。早く席に戻らないと、ゴツンよ。先生のゴツンはほんとに脳みそが飛び出すんだから」

「ひゃー、こわ。そんならヘルメットがいるぎゃ」

団子のようなこぶしを作って見せる先生に、さっきのほっぺたの赤い子がおどけて言った。いたずら半分に五郎が後ろのロッカーからヘルメットを取り出しかぶって見せると、ほかの子らも真似をして、ヘルメットをかぶってそこら辺の紙を丸めて打ち合いを始めた。

そのときである。「ふざけるのもほどほどにしや！」と、大きな雷が落ちた。みんなは一列に正座させられて大目玉を食らった。

優しい女の先生でも、怒ると怖いと初めて知ったのが入学一日目であったことを、五郎はずっと忘れなかった。

入学してから毎日、普通学級の子らの中に入って活動する行事が山のようにあった。五郎は同じ小学校出身の子らと顔を合わせるのが恥ずかしかった。みんなは五郎に会うと決まって白い眼を向けた。中には口に出して、「木原学級！」と、はやし立てる者もいた。

その上、お父の使い古しの赤さびたオンボロ自転車に乗っている五郎に向かって、同じ小学校から来た餓鬼大将らは、「やーい、オンボロ車のおたんこなす！」と、口々に侮って、五郎をいじめるのだ。そのたびに五郎は便所に逃げ込んで泣いた。板戸に張り付いて涙が枯れるまで出ていかないこともしょっちゅうだった。

便所に逃げ込んだまま出てこない五郎を捜し出して慰めてくれるのは、決まって木原先生だった。温かくて柔らかい手を肩にかけ、どんな悩みにも耳を傾けてくれる先生のお陰で、五郎はいやな出来事はきれいさっぱり忘れて、平静を取り戻せるようになった。

入学して一か月たったころには、木原学級での生活にも慣れ、登校するのが楽しみになった。木原学級では、普通の学級に比べて日課表が少し違っていた。鯉の世話をしたり、花を育てたりする生活の時間や、職業訓練といって、木工や焼き物作りをする時間がたくさんあった。難しい数の計算をするよりその方がよほど面白くて身についた。

教室には長さ一メートルはありそうな大きな水槽に、二十センチくらいの鯉が十四匹もいた。何でも木原先生の知り合いから安く分けてもらったらしい。

朝早く登校して鯉に餌をやるのは五郎の役目だ。パラパラと小粒の白い餌をまいてやると、鯉は尻尾を振り振り、喉を鳴らして餌に食らいついた。ぴちぴちと水をはねる鯉たちを観察していると、何だかうれしくなって一緒に踊り出したくなるのだ。

ときにはいたずら半分に、決まった量の三倍も餌を放り込むことがあった。そんなとき、鯉は必ず食べ残した。そして「そんなに餌をやったら、鯉が腹痛をおこしちゃうよ」と、先生からお小言をもらった。それに残った餌は糞と混じって浄化槽のろ過綿にへばりつき、放っておくと水槽全体が生臭くなる。

一週間に一度は水槽の掃除だ。ぴちぴちと元気よく跳ね回る鯉を捕まえ、バケツに移し総ざらいである。ときどき空気を送るパイプに餌と糞がつまることがあった。パイプは途中で曲がっているのでなかなか奥の方まで手が届かない。パイプが透き通るまで汚れを洗い落とすのは骨が折れた。たかが水槽の掃除だが、鯉が窮屈なバケツから解放され水槽に戻るには、たっぷり一時間はかかった。

一学期間、一日も欠かさず餌当番を務めてきた五郎が、大きなミスを引き起こしたのは夏休みに入ってからのことだった。

先生と毎日餌やりに来る約束をしながら、暑さに負けて一週間分の餌を一度に水槽に放り込んだまま、とうとう一日も覗きにいかなかったのだ。

一週間後、心配になって水槽を覗きに教室に来てみたら、十四匹のうち五匹が白い腹をむき出して水槽に浮かんでいた。食べ残した餌と糞が酸素を送るパイプに詰まっていたのだ。

五郎はぬるぬるして気持ち悪い五匹の鯉を手でつかみ、バケツに取り出した。そのとき生き延びたほかの鯉の手当てのことなど思いやる余裕などなく、あとはもう卵が腐ったようないやーな臭いのする教室から逃げ出すことしか頭になかった。うろこがへばりついた手をズボンでぬぐうと、五郎は一目散、外に飛び出した。

結局、生き残った九匹のうち最後まで頑張りとおしたのは二匹だけで、残りの七匹は白い腹をむき出して水槽に浮くことになった。気色の悪い鯉の姿が頭から離れず、その後も放りっぱなしにしてしまったせいだ。先生から叱られたのはもちろんだ。

「五郎君、見てごらん」

バケツの中でひからびたまま動かない五匹の鯉と、同じ運命にさらされ水槽に浮いている七匹の鯉を恨めしそうに眺めながら、先生は口をとがらせた。

「君に任せっぱなしだった先生が悪いんだけど、何で正直に知らせてくれなかったの?」

五郎は下を向いたまま、唇をかみしめた。悪いのは僕の方だ。先生が怒るのは無理もない。

「死んだものは、もう生き返ってこないんだから……。悔やんでもしょうがないけど」

「……。すみません」

「もういいわ。すんだことよ。それより、ほら、このままにしても、鯉がかわいそうだから、お墓をつくってあげなくちゃ」

しょんぼりしている五郎の顔を見もせず、先生はさっそくバケツを取り上げ、一人ですたすたと歩き出した。口で許しても心の中では五郎のことを怒っているのだ。

五郎は心の中で「信用して任せてくれたのに、ほんとにすみません。僕が悪かったんです。許してください」と、繰り返しながら、フレアースカートを左右に激しく振って歩く先生の後を小さくなって付いて行った。

運動場の隅っこにある花壇のところまで来て、先生は初めて振り返った。そして、五郎の肩に手を回し、「もういいのよ。ごめんね」と低くささやいた。先生の目はもうさっきのようににごってはいなかった。

長い休みの間に、先生を悲しませたのは五郎一人ではなかった。敬ちゃんがレコード店でCDを十枚も盗んだのだ。

敬ちゃんは小学校のときに、同じ手口でCDをかっぱらったことがある。大きな紙袋を持って店に入り、店員がほかの客の相手をしているすきに、そっと袋に忍び込ませるのだ。盗んだCDはみんな友達に配って回る。そうすることで友達の歓心をかっていたのだ。

休み中に敬ちゃんが盗んだCDのうち二枚を五郎ももらった。そのCDを教室のプレーヤーで聴いていたことから、敬ちゃんの盗みがばれた。

子豚のようにまん丸い敬ちゃんを、格別にかわいがっていた先生にはよほどのショックとみえて、みんなの前で「この木原学級に盗みをする子がいたことがとても残念」と、涙ぐんだ。

敬ちゃんは見た目にはかわいくておとなしそうな女の子だ。でも、先生のいないところでは意地悪で、何か気に食わないことがあると、だれかれ構わずつねって回る。五郎も何回となく痣ができるほどつねられたことがある。先生はそのことを知らなかった。

夏休みも終わり、いよいよ二学期が始まった。朝寝坊に慣れた生活から立ち直るのは大変だった。五郎の家ではお父が仕事中に倒れて寝込むことが多く、お母は五郎がまだ小さいときに病死してしまった。だから朝食の準備は五郎がしなければならなかった。それでも五郎は遅刻もせず、せっせと学校に通った。先生の授業が楽しみだからだ。

中学校で初めて習う英語の時間は単語カルタをつくった。トランプくらいの大きさの白い画用紙に、単語とそれに合う絵を描くのだ。

まず動物カルタからつくった。ライオン、シマウマ、クマ、ゾウ、ウサギなど野山で遊ぶ動物の絵を自由に描き、アルファベットを加えるとでき上がりである。読み方は先生が教えてくれる。

「わー、上手！　これライオンね」

五郎の苦手は絵を描くことだった。だからどんなに真似てもちっともうまく描けない。それなのに先生はほめてくれた。

「ライオンって、英語でどう言うか、知ってる？」

「ライオンはライオンだぎゃ」

「そう思うでしょ。でも違うのよ。レイオンって発音するのよ」

舌をルルッとからめて、レイオンと発音する先生の口の動作がおかしくて、みんな笑い転げた。

「そんな笑ってばかりいないで、口に出してごらん」

先生にせっつかれると、かえって口にしにくくて、笑いが止まらなかった。

動物が一通りでき上がると、次は果物や野菜だ。ブドウ、カキ、スイカにダイコン、ナス。知っている物は何でも描いた。スイカはウォーターメロンという。水気の多いウリだからだそうだ。先生は名前の由来まで丁寧に教えてくれた。

そのほか人間の体の部分や家具など、毎日の生活につながっているものは何でもカルタにした。カルタは全部で三百枚を超えた。完成したカルタは教室の卓球台に並べられた。先生が読み上げ、みんなが取るのだ。たくさん取ったら、先生の手作りの賞状がもらえた。

取るのが速いのは、和坊だ。和はいつも鼻水を垂らして、ときどき、ズーズーという音を立てながら吸い込んだ。何をやってもにぶいのに、カルタ取りだけはうまかった。

五郎は大抵、和の次の二番だった。読み方は分かるようになっていたが、なかなか絵と結びつかず、やっと見つけたときには、もう和の手の中だった。一番にはなれなかったが、先生に読み方を教えてもらったり、絵を描いたりするのが何よりの楽しみだった。

ただ一つ、気持ちの晴れないことがあった。それは節ちゃんのことだ。節ちゃんは一学期の終わりのころから、理由はわからないがときどき休むようになった。それが二学期に入ってからは一度も登校しなくなったのだ。

先生は朝教室に来ると、まず節ちゃんの席を見た。そして寂しそうな目を窓の外に向け、

「どうしたのかな？」

と、独り言をいった。

「節ちゃん、昨日、僕に明日は学校に行くって言ったよ」

昨日の学校の帰りに五郎は小さな妹や弟と石けりして遊んでいる節ちゃんに会ったのだ。

「そう？　先生も帰りに寄ってみたんだけど、同じことを約束してくれたんよ」

節ちゃんにうそをつかれて、先生はがっかりしたらしく、声に力がなかった。

先生が力を落とすのも無理からぬ話だった。今までも何回も学校の自転車を借りて節ちゃんを呼びに行ったが、戻ってくるときにはいつも一人だった。

よその学級の子から臭いと鼻をつままれていた節ちゃんを、先生は妹のようにかわいがり、汗臭いぼさぼさ髪を洗って梳かしてやったり、よれよれのスカートにへばり付いている飯粒をとってやったりするなどして面倒をみていたのだ。

「節ちゃん、どうしたんだろうね」

困り果てたように先生は顔をゆがめた。

「先生、僕のお父が言ってた。何があっても学校にはいかなきゃって」

助け舟を出したのは五郎だ。五郎は小学校時代ずる休みをしたことが何回もある。それはいつも水泳の授業がある日だった。朝起きると急にめまいがして頭が痛くなった。五郎は金づちなのだ。お父には頭痛がすると誤魔化して休んだが、水泳のある日に限って休むことに気づいた担任の先生が、家庭訪問に来てばれた。

あのとき、お父に顔がはれあがるまでぶたれたのを、今でも覚えている。先生は言葉にこそ出さないが、節ちゃんのことが気になって仕方ないに違いないと五郎は心配した。

「そうね。学校を休むと困ることが増えて大変ね」

そこで敬ちゃんがすかさず、「うちが万引きしたのも、長ーい休みのときだった」と言った。休みが長引くとろくなことがないと、自分がＣＤを盗んで先生からお説教を食らったときのことを思い出したらしい。

「先生も節ちゃんがいないと、くしの歯が抜けたようでさびしいな。明日はみんなで節ちゃんを呼びに行こうか」

節ちゃんの休みが長引き始めたころ、五郎が先生に提案したことを覚えていたのか、先生はまず五郎に合図を送った。他のみんなも大乗り気だった。翌日にはみんなでペダルを踏みながら、節ちゃんを迎えに行った。

節ちゃんの家は一階が石膏型の工場で、二階に家族が寝起きする部屋があり、入り口のすぐ横に二階に通じる古びた木の階段があった。

先生が先に玄関を開け、階段の下から節ちゃんの名前を呼んだ。返事の代わりに二階の手すりから顔を突き出したのは、節ちゃんの弟や妹たちだった。みんな神妙な顔をして階下を覗いていた。

「お姉ちゃん、いる?」

「……」

だれも何も言わず、階下の五郎たちを見下ろしている。よちよち歩きの弟が声の方を向いてきょろきょろしているだけだ。

「先生、上がっていくけどいい?」

と、言うが早いかもう靴を脱いでいた。

慣れた足取りですたすたと階段を登る先生の後から、みんな付いて行った。何だか妙に足が粘つくので、足の裏を見ると、米粒が所々にへばりついていた。

「ひゃー、汚ねー」

光男の声だ。光男は七人の中では一番のわんぱく坊主で、今までにも何度か暴れて教室のガラスを割り、先生に怒鳴られた。入学式の日、先生に向かって「ばばーだぎゃ」と最初に言ったのも光男だ。おとなしそうな女の子をいじめるのでも有名だった。

ふすまを一つぶち抜いた向こうの部屋に、天井に目を這わせる節ちゃんをよそに、十二の瞳がじっとこちらをにらんでいる。

「みんなで節ちゃんを迎えに来たの。一緒に学校に行こうよ。ね！　お姉ちゃんを学校に連れて行っていい？」

弟や妹たちの顔をかわるがわる見ながら、先生は一生懸命に節ちゃんを連れ出そうとしていた。

節ちゃんは先生にどんなになだめすかされても、目を合わせようともせず、そっぽを向いたまま、石のようにじっとして動こうとしなかった。

「五郎、おまえ、言え！」

光男が五郎のひじをつついた。

「おまえこそ、言え！」

五郎は言い返した。

「いやだぎゃ」

五郎をそそのかしておきながら、光男はそっぽを向いた。

「みんなで呼ぼう」

と言い出したのは敬ちゃんだ。

敬ちゃんは節ちゃんとは大の仲良しで、節ちゃんが学校に来なくなってつまんないと、いつもこぼしていた。さっきから節ちゃんの名前を呼びたくてうずうずしていたのだ。敬ちゃんの提案通り、みんなで節ちゃんに呼びかけることにした。

「節ちゃん！」

節ちゃんが振り向いてくれるように、みんなは一息入れて一斉に大声を張り上げた。

びっくりしてみんなの方に目を向けたのは十二の小さな瞳だけで、節ちゃんは相変わらずそっぽを向いたまま、聞こえない振りをし続けた。その後もみんなで節ちゃんの名前を呼んでみたが、手応えはなかった。

その日は先生もみんなも諦めて、学校に戻ることにした。数珠つなぎになって自転車を走らせる五郎たちの一行を、物珍しそうに振り返る町のおばさんたちの前を急ぎながら、五郎は妙なことを思い出した。

子どもらのうち、幼稚園にも行かない赤子が三人もいるのに、節ちゃんのお母がいなかったことを。下の工場でお父らしい人がこちらを振り向きもせず、石膏を流し込んでいたけれど、お母の姿はなかった。節ちゃんのお母は赤子を三人も残してどこに出かけたのだろう。節ちゃんが学校に来られないのは、子守の仕事があるからだろうか。

節ちゃんのことでこれ以上みんなが心配しないですむようにとの先生の計らいで、節ちゃんがその気になるのを待つことになった。大事なプリント類だけは五郎が節ちゃんに届けることに決まった。節ちゃんがときどき学校に顔をのぞかせるようになったのは、それからずっと先のことだった。

いわし雲が細くたなびく十月に入ると、文化祭に出品する作品の仕上げで忙しくなった。

昨年までなかった木原学級の特別コーナーが誕生した。少し障害がある生徒たちのクラスの展示はあまり目立たないようにというのが学校の方針だったそうで、従来は普通学級の作品の中に紛れて展示された。

しかし、木原先生の考えは少し違っていた。何も障害がある生徒たちの作品だからと言って恥ずかしがることはない。生徒たちが一生懸命作った作品を堂々と展示して、地域や保護者の方々にも見てもらおうというのだ。渋々ながら校長先生からもお許しが出たそうだ。そのせいか、先生の熱の入れ方も半端でなかった。

職業の時間には、本箱、マガジンラック、しゃもじなど木工品をはじめ、湯呑み、花びんなどの焼き物や手刷り印刷による書など数々の作品を手がけた。

五郎の得意は、昔流行った謄写用の活字を刻むことだった。枠いっぱいの大きくて丸っこい先生の字を真似て、ろう原紙に鉄筆で活字を刻み込むのだ。ろう原紙や鉄筆は先生が学生のころ使っていたもので、大切にしまっていたらしい。五郎の性に合っているのか使い方はすぐに覚えて、今ではミミズが這ったような字の手作りプリントを配ってくれる先生たちよりは、はるかにうまくなった。

好きな歌詞や日記を写し取ったプリントができ上がると、先生はさっそく職員室で配って、先生たちみんなに見てもらった。だから職員室へ行くと、「五郎はプリントの字がうまいなあ。ひとつ先生も見習わなくちゃ」とからかわれた。五郎はうれしくてまた上手に書いて先生たちにみてもらおうと心が燃えた。

作品の製作で先生をはじめみんなが一番苦労したのは、焼き物作りだった。町の店で売られているような水が漏れない形の整った茶碗や花びんなどを作るには、細かい技術がいるのだ。

焼き物の原料である陶土は、先生が町の焼き物工場で仕入れてくる。自転車で往復八キロも走って、十キロはありそうな長四角の土の塊を二つも後ろの荷台に乗せて、吹き出す汗をタオルでぬぐいながら、よっちらこっちら学校の急な坂道を登ってくる先生の姿を、何度見かけたことだろう。

陶土が届くと、次は水を混ぜてこねる作業だ。教室に四畳半くらいのカーペットを敷いて練り床をこしらえ、その上で土を練るのだ。

先生が均等に分けてくれた陶土の塊に水をまぶしながら、丹念に少しずつ練っていく。手でつかんでもべとつかず、自由自在に型が作れるところまで練り上げるには、最低二時間はかかった。

同じことを長い時間続けていると、飽きてくる。だから、ときどき、固いままの土を丸めて、みんなで投げ合いっこをした。狙われるのは、いつも敬ちゃんだった。敬ちゃんは顔や作業着が泥んこになっても絶対泣かなかった。だからとりわけいたずら好きな光男や栄治が、好い気になって敬ちゃんに投げつけた。

その敬ちゃんがとうとう泣き出した。五郎は敬ちゃんが泥んこの目をぐっと押さえ込んで、わめき出したのにはびっくりした。どうも土が目の玉に当たったらしい。

「ギャー」と、心臓を切り裂くような悲鳴を上げている敬ちゃんを抱きかかえながら、

「ほら見てごらんなさい。先生の言うことを聞かないで、ふざけているからこんなことに……」

と、先生は目を三角にして叱りつけた。光男も栄治も顔の色を失ってぼうーっと突っ立っていた。

病院から戻ってきた先生の話によると、白目に傷が付いただけで、黒目の方は大丈夫だったらしい。もしも黒目に当たっていたら目が見えなくなっていたかもしれないと、先生は身震い

した。

次の日からはもうだれもふざけなかった。ただ一心に土を練り、手で握ってもべとつかず、ちょうどいい柔らかさになるまで練り続けた。

練りの作業が終わると、次は型作りだ。湯飲みにしても花びんでも、作り方は二通りある。蛇のように細長い紐を作り、巻き上げていく方法と、平らな土にへこみを入れて練り込んでいく方法である。

五郎は手先が不器用なので、どちらをやってもうまくいかなかった。終いには、とうとう放り出してしまった。

「五郎君、投げ出しちゃダメ！　先生が手伝ってあげるから、さあ、やんなさい」

「やだ、僕、できんもん」

「そんなことないわ。和君や敬ちゃんだってあんなに一生懸命作ってるじゃない？」

「みんなにはできても、僕にはできんの！」

頑固な五郎は畳み込むようにぶちまけた。

「甘えるな。みんなにできることがどうして五郎にできない！」

とうとう先生の爆弾が落ちた。先生は五郎の手をぎゅっとつかみ、練り土に押し込んだ

「さあ、それを平らにして。平らにするくらいならできるよね」

五郎は練り土に手を突っ込んだまま動かなかった。もう練り土を見るのさえ嫌だった。

しばらく五郎のようすをじっと観察していた先生は、「分かったわ。君のすむようにしなさい」

と、捨て置いたかと思うと、何やらせっせと作り始めた。

まずまん丸い玉をこしらえた。次に平べったい逆三角形の塊を一つとやや短めの棒二本と長めの棒二本をつくった。

「先生がこしらえたこの五つの塊から何ができるか、分かる?」

みんなは首を傾げた。ふてくされて作業は投げ出したが、先生の動作だけは盗み見していた五郎にはすぐ分かった。丸い玉は顔、逆三角の塊は胴体、四本の棒は手と足だ。

「人形!」

五郎はぶっきらぼうに答えた。

「ほう? そうかあ。ならひとつ、組み立ててごらん。ほんとに人形ができるかな?」

さっき怒ったことなどすっかり忘れたように、先生は五郎に笑顔を向けた。

五郎は恐る恐る丸いのや長い塊をつかんでくっつけ始めた。部分と部分をしっかりつなげるのは骨が折れた。足がくっついたと思ったら首がもげ、首がくっついたと思ったら、今度は手がぐらついた。やっとの思いで五体をつなぎ終わると、ロボットのようないかつい人形ができ上がった。

「ほー、なかなか立派な人形だ。ほら、みんなも見てごらん」

途中で投げ出して先生に怒られたいきさつを知っているみんなの前でべたぼめされ、五郎は照れくさそうに顔を真っ赤にした。

「先生！　ちんぽがない」

ケチを付けたのは光男だ。光男はニヤニヤ笑っていた。

「そういえばそうね。そいじゃー、五郎君、おちんちんをくっつけて」

何食わぬ顔をしてちんぽを付けるように指示する先生を見て、五郎は吹き出した。

「何がそんなにおかしいの？」

先生はまだ空とぼけている。

五郎はもう笑いが止まらなくて、じっとしておれなくなった。みんなも五郎につられて笑い転げた。言い出しっぺの光男ももちろん教室の隅まで転がり回って笑った。教室中が笑いの渦に巻き込まれたのを見て、先生もとうとう本音を隠し切れず、くすくす笑った。先生と一緒になって笑い転げるのはいつものことで、みんなの最大の楽しみだった。

型ができ上がると、一週間くらい陰干しし、その後、窯で焼く。窯の温度の調節が大変だった。一時間おきに一〇〇度ずつ一三〇〇度まで上げ、そこから逆に一〇〇度ずつ下げていく。グニャと溶けて型が崩れないように、またヒビが入らないように、細心の注意を払わなくてはならなかった。

朝の八時に窯のスイッチを入れると、焼き終わるのは夜の十一時だ。大抵、みんなで順番を決めて休み時間ごとに交代で窯のスイッチを切り替えた。みんなが帰った後は、先生が居残りしてスイッチの番をするのだ。

木原先生は女の先生なので、夜遅く一人で学校に残るのは物騒だったから、男の山口先生が付き添った。

まだ若いのに白髪頭なので「じじー」とあだ名で呼ばれている山口先生は、木原学級のみんなのことが好きらしく、授業が終わるといつも卓球の相手をしてくれた。上着をむしり取って、真剣にラケットを振る山口先生は子どものように無邪気で、負けん気を発揮した。だからみんな次々に負かされた。

山口先生より強いのは光男だ。りんごのようなほっぺたをますます赤く染め、先生に挑んだ。先生は負けそうになると、赤い舌をペロッと出して、「授業があるからな」と言って逃げ出した。それでも次の放課後にはまたやってきて、相手になってくれた。

木原先生の手伝いを喜んで引き受ける山口先生のことを、みんなは「あやしい」と言って冷やかした。

「先生が手伝うのは、木原先生が一人で大変そうだからだよ」

慣れない自転車に乗って節ちゃんを迎えに行ったり、汗にまみれながら重い土を運んだりして頑張っている木原先生の熱意に感心しているらしい。

「でも、ずっと前、学校に来る途中で、山口先生が木原先生を車に乗せてあげているのを見たがー」

また光男である。光男はみんなの中で一番助平たらしい。

「そりゃー、同じ学校の先生だからね。それに木原先生は歩きだから、荷物がたくさんある日は気の毒だしね」

いちいちもっともらしく弁解する山口先生の額には冷や汗がにじんでいた。大人のことはよくわからないが、山口先生がみんなの大好きな木原先生の味方であることだけははっきりしていた。それだけでみんなはうれしくて安心だった。

朝登校すると、夜のうちに窯の中で冷めた湯飲みや花びんが淡い柿色に染まって、朝の光の中で美しく輝いていた。

「あっ、これ、僕のだ」

「いや、それ私のよ。返して」

「ほー、すげぇなー」

さまざまな声が教室中に飛び交い、朝から蜂の巣をつついたような騒ぎだ。みんなの声は喜びに満ち溢れていた。

五郎の人形は首のつけ方が甘かったせいか、窯から取り出していじっているうちに頭がもげた。ちんぽだけはしっかり付いていた。

「ひゃー、首なしだ。ちんぽだけは付いとるぎゃ」

ちんぽを引っ張りながら、光男が笑った。

「へへへ、おもしれーなあ」

骸骨の栄治が光男に合わせて笑った。猿のように白い歯をむき出して笑う栄治のしぐさが滑稽で、五郎も貴ちゃんも敬ちゃんもつられて笑った。

「そんなに笑っていると、おちんちんがもげちゃうよ」

まじめな顔をしておちんちんという木原先生を見ていると、ますますおかしくなって、みんなは腹を抱えて笑い転げた。

すねたり泣いたり笑ったり怒ったりしながら、焼き物作業を進めているうちに、まともな作品が三十個も完成した。後はもう文化祭を待つばかりだ。

校庭のポプラが赤く色付き、一段と秋らしさを増していた。金モールで縁取られた「第十三回文化祭」の幕が、澄み切った青空を背に堂々と風にはためいている。

いよいよ文化祭だ。準備のため校舎内に響き渡っていた金づちや机を引きずる騒音に代わって、続々と詰めかける人々のざわめきがそこら中に広がっていた。

木原学級のコーナーには焼き物や木工などの作品がわんさと並べられ、英語のカルタ取りのために卓球台には白布が張られた。どの作品も木原先生に叱られたりほめられたりしながら、懸命に作り上げたものばかりだ。

なかでもユニークなのは和が作ったくず箱だ。板と板の継ぎ目は隙間だらけで、くぎがひん曲がっているのが遠目にもわかった。箱の表面は蜂の巣そっくりで小さな穴だらけだ。

釘を打つのがまるっきり下手な和が、失敗しついでに、わざとそこら中に穴をあけ、面白がっておもちゃにした作品だ。それでもトレーシングペーパーをかけ、ニスをぬると、結構味わいのあるいい作品になった。

見物していた年寄りや夫婦がそでつつき合って何やかやとささやき合っていたが、「こん教室はおもしれーもんばっかや」と、教室を出るとき名残惜しそうに振り返った。

作品にいたずらされないように隅っこで監視している五郎たちの前に、校長先生がやってきた。校長先生は体格がよく、でっぷり太っているだけでなく、背が一メートル八十くらいあった。もう少しで天井に届きそうだ。

「おお、なかなかやっとるな」

雁首をそろえてちょこんと隅っこに腰かけているみんなに気づかないのか、独り言を言いながら、湯飲みや木箱を一つ一つ手に取って眺め回した。英語カルタコーナーで校長先生は立ち止まった。

「こりゃあ、何と読むのかな。オウル？　いやウールかな。えらい難しいことをやるんじゃなあ」

頭を掻きながら独り言を言う校長先生の目の位置からすると、「ふくろう」のことをいっているようだ。

みんなは独り言を言いながら頭をひねる校長先生の格好がおかしくて、陰でくすくす笑った。

みんなの笑い声にやっと気づいた校長先生は、メガネの奥から大きな目玉をむき出した。

「ほれほれ、何と言ったかな。そうそう五郎だったかな。君たちはこれ、読めるかい？」

「はい」

五郎は自信をもって答えた。毎日、英語の時間にカルタ取りをしながら、正しい読み方を教わり、頭にしっかり叩き込んできたからだ。

「ほう、じゃあ、一つ読んでごらん」

口を大きく開けて、「アウル」と正しく発音する五郎を見て、校長先生は「ううう－ん」となった。

「さすがだな。木原先生は子どもに教えるのがうまい。参った」

よほど感心したと見えて、手作りのカルタを一枚一枚手に取っては、穴が開くほど目を凝らした。

もうみんなは有頂天だった。「鬼ばばあ」とはやし立てても、みんなのことを片時も忘れず気にかけてくれる木原先生が校長先生の度肝を抜いたのだ。背が校長先生の胸の辺りまでしか届かない小柄な先生が、一回りも二回りも大きい人に見えた。

校長先生が教室を出て行こうとしているところへ、よその展示場を覗きに行っていた木原先生が戻ってきた。

「あら、校長先生！　うちの生徒の作品見ていただきましたか？」

「ああ、さすがなもんじゃ」

「ついでに、これもいかがですか」

と言うなり、先生はカルタを並べているテーブルに歩み寄り、みんなを手招きした。

校長先生の前で、まさかカルタ取りが始まろうとは想像もしてなかったので、みんな恥ずかしがって手を出さなかった。せっかくの機会なのにと弱り切った先生に、校長先生が助け舟を出した。

「そいじゃあ、一つ、わしも仲間に入れてもらおう」

「何だか悪いですね」

と、先生は校長先生にぺこりと頭を下げ、みんなにはちゃんといつものようにうまくやるのよと言わんばかりに横目で合図した。

トップはラディッシュだった。

「ラディッシュ？　そりゃ何じゃ」

知っていて知らぬふりか、校長先生はきょろきょろと見回した。

「はい！」

取ったのはカルタがベテランの和だ。

「ほー、すごいなあ。よくまあ、そんな単語知っとるなあ」

ほめられて顔を真っ赤にしている和に、木原先生は片目をつむってウインクして見せた。

次はパンプキンだった。今度は君の番よと先生は五郎に目線を送った。パンプキンは五郎が絵を描いた。だからすぐ分かった。

「あらー、よく覚えていたね」

鼻にかかった甘い声でほめられ、五郎はいい気分だった。そして、校長先生の前で一番になってやろうと心に誓った。

次々に読み上げられるカルタは見る見るうちに減って、残るはライオン一枚になった。校長先生はまだ一枚も取っていなかった。レイオンのレの発音で、校長先生の相撲取りのような大きな手が、空かさずカルタを抑えた。

「オー、わしもやっと取ったぞー」

校長先生は取ったカルタを大げさに高くかかげて見せた。

「いやあー、それにしても君たちはすごい！　ほんと感心した。こりゃあもう、ほうびを出さんじゃおれんな」

校長先生は頭を掻きながら、五郎たちをほめちぎって教室を出て行った。

文化祭で話題をまいた木原学級の展示作品は、大手新聞の地方版に写真入りで掲載され、近隣の学校から、たくさんの先生方が見学に訪れるようになった。

自信と勇気を与えられ、喜びの興奮に浸っているうちに、秋もいよいよ深まり、夏の間、校庭の隅っこで真っ赤な花を咲かせたカンナの下葉も、すっかり土色に染まっていた。

活躍した記念にどこかに連れて行ってあげると約束してくれた先生の言葉を思い出し、五郎たちはひそかに自転車で知多半島を一周する計画を練った。

「先生、もうすぐ寒くなるんで、寒くならんうちに出掛けよう?」

貴ちゃんはみんなを代表してサイクリング計画のことを先生に相談した。

「うーん、それがね。先生もそうしたいと思っていたんだけど、みんなを連れて郊外に出るとなると、校長先生のお許しが出ないかも。ましてサイクリングでしょ。事故に遭いでもしたら、それこそ大変よ」

「いいがー。僕たち気を付けるけん」

「みんなの気持ちはわかるけど……」

先生が心配する事故のことなど、みんなの眼中にはなかった。だから必死になってせがんだ。

「困ったなー」

先生の弱り切った様子が額のしわに現れていた。

「先生が連れて行ってくれんなら、俺たちだけで行く」

我慢できんというように、光男が口をとんがらせ無茶を言った。

「それはだめよ。あんたらだけで行かせるわけにはいかないわ」

「そんなら連れて行ってくれやあ」

光男は先生の腕にもたれかかって、恨めしそうに先生の顔を見上げた。

「しょうがないわねー。その代わり先生の言うことをちゃんと守るのよ」

みんなに押されて観念したらしく、とうとう先生は首を縦に振った。先生の苦り切った顔をよそに、みんなは飛び上がって大喜びだった。

晩秋の空は晴れ渡り、どこまでも続く青い広がりに、一筋の飛行機雲が大きく半円を描いていた。

遂にその日がやってきた。みんなより一つ年上の貴ちゃんを先頭に敬ちゃん、和、栄治、光男、節ちゃん、五郎と続き、一番後ろに先生が付いた。

肌寒い風を切って八台の自転車は颯爽と海岸線を走った。

朝の光を浴びて海は、ダイヤモンドのようにきらめいている。暗いうちに出漁した小型漁船の群れが、大漁を終えたのどかさを甲板の陽だまりに映しながら、浜に向かってゆっくりと進んでいた。

まっすぐ伸びた海岸線が、白い岩肌をむき出し、海にどんと突き出している大きな岩に遮られたところで、道は左に折れ、人家のある村道に入った。

「ここからは道が狭いし、狭い割には自動車がよく通るので気を付けてね」

先頭の貴ちゃんに聞こえるように、先生は大声で合図した。

貴ちゃんはいったん止まって、後ろを振り返った。続いて敬ちゃん、和、栄治とみんなが同じように止まった。そういう約束になっていたのだ。

貴ちゃんの発進の合図でみんなはペダルに足をかけた。そのときだった。貴ちゃんの自転車が止めてあった左わきの急な細い道から、突然自動車が大きく頭を突き出したのだ。

貴ちゃんは発進合図で一歩先に進めていたので、かろうじて難を免れたが、五メートルの車間距離をとって動き出した敬ちゃんはもろに車に接触して、後ろに転倒した。はずみで敬ちゃんは路上に放り出された。

敬ちゃんの後ろは動きが鈍い和だ。転倒した敬ちゃんの自転車を避け切れず、横倒しになった自分の自転車と敬ちゃんの自転車にはさまれる格好で路上に転がった。

すぐに救急車とパトカーが飛んできて、敬ちゃんと和は病院へ、残った五人と先生は根掘り葉掘り事情を聞かれた上に、先生だけは急に飛び出した自動車の人と一緒に警察に連れて行かれた。

幸い、敬ちゃんと和のけがは軽く、ほんの打撲ですんだ。しかし、先生は大きな責任を取らされただけでなく、心に深い傷を負った。

みんなにせがまれて、やむなくサイクリングを決行した。その矢先の事故である。内々に収まったものの、狭い町のこと、どこからともなく事故のうわさが広まった。先生はどこにいても目に見えない非難にさらされ、もって行き場のない苦しみを抱えることになった。

学校でも心の広い校長先生は何も言わなかったが、木原学級のために必死で働いてきた苦労はだれにも分かってもらえそうになかった。山口先生だけは木原先生に同情して、何かと慰めている様子であったが、ほかの職員の手前、控え気味だった。校内に漂う張りつめた空気に、先生はすっかり打ちのめされていた。

怒ると怖い木原先生が打ち沈んで、笑うにしてもどこかよそよそしく、いつもと違うのを感じるたびに、あのとき、自分たちがせがみさえしなければ、あんなことにはならなかったのにと五郎は悔やんだ。

波乱に満ちた年が明け、笑顔を取り戻したみんなの耳に、どこからともなく、木原先生がこの三月、学校を辞めて在所に帰るといううわさが聞こえてきた。先生は首を横に振り、「みんなが卒業するまで頑張る」と微笑んだ。

だが、心なしかその目は海の向こうの在所に注がれているように切なげだった。

みんなの進級が決まった記念にと、先生の家に招かれごちそうになったその席で、うわさは真実だと告げられた。在所で独り暮らしのお母さんが突然病気で倒れたので、その看病のためと語った。先生から学校を辞め在所に帰る本当の理由を聞かされて、みんなはほっとした。先生がいなくなるのは寂しいが、お母さんのためならにっこり笑顔で盛大に送りたい。みんなの思いは同じだった。

岬の鉄塔から先生を見送った後、みんなは放心したようにその場に座り込んだ。胸中を去来するのは、みんなで笑い転げた一年足らずの愉快な日々のことだった。失敗しても悪さをしても、事あるごとに優しく厳しく寄り添う先生がいつもみんなの傍にいた。

しばらくして、何かに突き動かされたように、みんなは目と目を交わし一斉に立ち上がった。

これから先も先生から学んだ教えは絶対忘れまいと小指を絡ませ、まだ濡れたままの頭を突き合わせた。そのときだった。ふあっと軽くて優しい風が忍び寄り、岬に立つ七つの頭をそっと撫でたかと思うと、空高く舞い上がって伊勢の海の向こうへ消えていった。

入道雲のしわざ

入道雲が消えたと思ったら、いきなり強い風が吹き出した。空は曇り、勢いよく大粒の雨が降り始めた。

「じっちゃん、台風かなあ?」

熟れないまま枯れてしまったスイカのツルを片付けながら、ばっちゃんが言った。

「そうじゃのう、あの雲は台風の雲じゃ」

汗と雨で濡れた白い髪をかき上げながら、じっちゃんは刈り取ったスイカのツルを縄で縛り、あぜの土手に積み上げた。

「じっちゃん、ばっちゃん、濡れるといかんで、早う戻りや」

スイカ畑の向こうから大声で呼んでいるのは、孫の文太だった。文太は学校から戻るといつも畑の手伝いに来た。「子どもは勉強があるで」と追い返そうとしても、文太はすきを放そうとしなかった。

文太は小学校四年生にしては、子ザルのように小さくやせこけていた。坊主頭の小さな体でじっちゃんやばっちゃんよりはよく働いた。一抱えもありそうな俵を担ぎ、重いすきを振り上げ、芋畑をこしらえた。

文太に引きずられるように家に戻ったとき、雨は激しさを増し、トタン屋根を打つ雨粒の音が鉄砲玉のように聞こえていた。じっちゃんが用意したバケツも、天井から漏れる雨しずくの洪水にはかなわなかった。いよいよ夕飯というときに、村の有線放送が鳴った。

「土砂崩れの恐れがあるので、みなさん、すぐ公民館に避難してください」

有線放送は二度も三度も避難を促した。

「じっちゃん、ばっちゃん、早うせにゃ」

避難の準備を終えた文太が急かせた。

じっちゃんはキセルを吹かしながら、食卓の前にじっと座ったままで、ばっちゃんはかまのふたを取ったり、煮つけのなべを下ろしたりして、避難のことなど頭にないのか、のんびりしていた。

「飯なんか、今はどうでもいいやんか。それより早う支度せにゃ」

「お前だけ、先に行け！」

ばっちゃんは文太の目も見ないで、怒ったように声を上げた。

勉強道具をカバンに詰め、ばっちゃんが風呂敷に包んでくれたお母の位はいを胸に抱き文太はその場に突っ立った。

「何でや？」

「ばっちゃんはの、裏の崖が崩れるなんちゃ、信じてもおらん。お母が守ってくれよる思うちょる」

「そやかて、この雨やで。ほら、すげー音がしとるやんか？」

滝のような雨と屋根を這う風の音が、戸外でうなっていた。トタンの屋根が吹き飛ばされないのが不思議なほどだった。

「心配せんでいいから、坊だけ先に行け！」

「そんなー」

じっちゃんばっちゃんが何で逃げ出さないのか、文太には分からなかった。文太のお父が出かせぎ中に、工事現場の橋桁から転落して死んだときから、じっちゃんばっちゃんは親代わりに文太の面倒をみてくれていた。細々ながら米を作り、スイカやキュウリを育てて町の市場に売りに出かけた。

リヤカーに野菜を乗せ、市場に出かけるのを文太も手伝った。今年は冷夏のため、夏野菜や果物の育ちが悪く、売りに出せるのは例年の半分にも満たなかった。貧しい農家にとって不作の年は、首をくくれと言われるに等しかった。じっちゃん、ばっちゃんが逃げ出さないのはそのためかも知れない。

疾風怒とうのようにたけり狂う雨嵐に、裏山の樹木がぶつかり合う不気味なきしみ音が聞こえてきた。じっちゃん、ばっちゃんは仏様のように目をつむっていた。

ドンドンドン！

表の木戸を叩く音がした。

「じっちゃん、ばっちゃん、ぼん！」

村の消防団のおじさんたちだった。

「ほら、消防団のおじさんたちが呼んでるやないか」

「文太、お前だけ行け！　後で行くけ」

仏様のようにじっとして動かないじっちゃんがぽつんと言った。

「絶対に来るかあ？」

文太は念を押した。

「絶対に行く」

「ほんとに絶対か？」

うるさいほど念を押す文太に、じっちゃんは優しい目で応えた。

「ほんなら先に行くで」

文太はカバンを背負い、位はいをしっかりと抱きしめ直し表に出た。そのときだった。

夜目にもはっきり分かるくらい、トタン屋根の上に、仁王様のように切り立った裏山の崖が炸裂した。

「あっ！」

悲鳴を上げたとき、トタン屋根の家はもちろん、木戸のすぐそばにいた文太までが、土砂に押しつぶされた。

文太は空を飛んでいた。白いのか青いのか混沌としてつかめない光に吸い込まれるように空に舞いながら、文太は地上を見下ろした。地上は地獄さながらの土色をした泥の海だった。不気味な夜の海に恐怖におののく人々の叫び声や吠える風の音がこだましていた。文太は身震いした。もう地上には降りられないのだと思うと、悲しみがどっと押し寄せた

文太が生まれたころ、田んぼの稲穂は黄金色に輝き、お父もお母も、じっちゃんもばっちゃんも銀飯を腹いっぱい食って幸せに暮らしていた。家が傾き始めたのは、お母が結核で死んだころからだった。ちょうどそのころ、異常気象続きで、大洪水や水不足に交互に襲われ、田んぼから上がる収入がめっぽう減り、家族四人の食いぶちにも事欠くようになった。

お父は出かせぎに出た。一年に一度しか帰ってこないお父が、たんまり給料をかせぎ珍しい土産を持って帰るのが待ち遠しかった。お父が帰ってくる日には、文太は村はずれの鉄橋まで迎えに出た。

お父は文太の姿を見つけると、渡るのはタブーと知りながら、鉄橋の上を堂々とまたぎ文太の前に駆け寄った。真っ黒に日焼けしたお父は、大黒様のように優しい笑顔をかざして、文太を抱き上げげた。そのお父も出かせぎ中に事故に遭って亡くなった。

文太が愛していたお父やお母はもちろんのこと、恐らくじっちゃんもばっちゃんも土砂につぶされてあの地上にはいないだろう。そのことに気づいたとき、文太の頭のずっと上の方から、

かすかな呼び声が聞こえてきた。

「文太、文太、こっちだよ」

じっちゃんの声のようでもあり、ばっちゃんの声のようでもあった。

「じっちゃん！　ばっちゃん！」

文太は大きな声で叫んだ。すると再び、

「文太！　文太！　こっちだよ」

と、天上から呼び声がした。ちょうど古井戸を覗き込んでものを言うと返ってくる、あの太くて震えるような声にそっくりだった。

天上を見上げた。相変わらず白いような青いような光の雲が一面を覆っているだけで、何も見えなかった。それなのにあの太くて震えるような声だけは、ひとときも止まず、天上から聞こえてくるのだった。

文太はその声に導かれるようにすいすいと天上を目指した。空を泳いでいるわけでもないのに、天女が空に舞い上がるように、体がふわっと宙に浮いて、上へ上へと舞い上がるのが不思議だった。まるで亀の背に乗った浦島太郎の気分だった。

文太の名を呼ぶ声が消えたとき、文太は雲の上にいた。雲と言うより砂のじゅうたんのようだった。さらりとした星砂が視界を埋め、星砂のほかには緑の木々も色とりどりの花も何も見えなかった。青みを帯びた白い光も黄金色の光に変わって、からし色の砂漠が広がっていた。

砂漠のど真ん中にいながら、のどは一向に乾かなかった。汗も出ないし腹も空かない。不思議な世界に迷い込んできたもんだと首を傾げながら、文太はしばらく砂の上に横になって、明るい光を眺めていた。

天上は白夜とでもいうのだろうか、夜にならないうちに朝がやってきた。明るんだ東の方から微かに人の声がした。耳を澄ますと、どうも子どもの泣き声のようだ。それも一人ではない。数え切れないほどの泣き声が、合唱のように響いてくるのだ。

文太は砂のじゅうたんの上を歩き出した。砂に足を取られるかと思ったらスケートでもするように砂の上を自然に足が滑っていく。五百歩も進んだところで泣き声の主たちに出会った。総勢五、六十人はいるだろうか。その一人ひとりが肩を震わせて泣いていた

「君たち、どうしたの？」

その一人に、文太は声をかけた。

「せっかくここまでやってきたのにさ。地上に帰れって追い払われたんだ。おいらにゃ、天上に来る資格がないってさ」

文太にはその子の話がよく呑み込めなかった。文太がここまでやってきたのは崖崩れのためで、好き好んでのことではない。泣いている子たちは一体なぜ、天上にやってきたのか。その理由を尋ねたかった。

ひ弱そうな別の子が、みんなの輪の中から出てきた。

「おいらたちさあ、自殺志願でやってきたんだ。なぜって学校でみんなにいじめられてさ、先生はもちろん親にも分かってもらえず、苦しくってさ」

「そうなの。バイキンバイキンって言われてね。フマキラーをまかれたり、ノミ取り粉を頭からぶっかけられたりね」

でぶっちょのメガネの女の子が言った。

「とにかくさあ、生きてるのが嫌になって、首をくってここまでやってきたのに、追い返されちゃったんだよ」

「あそこに行けば、あんたにも分かるよ」

と、東の方を指しながら、泣き声の群れは文太を置き去りにして西の方へ消えて行った

黄金の砂にうずもれた東方の大地の果ての、こんもりと白く盛り上がった丘の上に何やら黒い人だかりがあった。文太はその黒い人の山を目指した。

近づいてみると、白く盛り上がったその丘の真下には巨大な大河が横たわっていた。黄金色の砂漠もそこで切れ、累々と水を湛えた大河との間に大きな断層を作っていた。

大河の前にできた人だかりの中央には黒い机と椅子があった。そこには黒衣をまとった男が座っていた。その顔は不動明王が踏みつけた餓鬼のように醜く、とがった耳は顔と同じくらい大きく、口は耳の付け根まで裂けており、まるで化け猫のようだった。

化け猫顔の男の前に、目付きの鋭いひげもじゃの男がひざまずいていた。

「それで？」

「それで、奴を殺しました」

「何？　殺した？」

「そうです」

「それで？」

「死刑になりました」

「分かった。おまえはあの船だ」

化け猫顔の男は川岸につないである「地獄行き」と書いた舟を指した。

「つぎ！」

と、化け猫顔の男は順番を待つやつれた顔をした中年の女を呼んだ。

「なぜ、ここにやってきた？」

「はい、主人を殺した罪に報いるためです」

「自殺する前に、なぜ、警察に自首しなかったのかね？」

「はあ、もう怖くて……」

「怖いって、夫を殺す方がよっぽど怖いんじゃないのかね？」

「ええ……」

女は震えながら返事をすると泣き崩れた。

「ふーむ」

化け猫顔の男は、ため息をついた。

「おまえさんの夫は、今、天国で若い奥さんをもらって幸せに暮らしておる。おまえさんには気の毒だが、地上に戻って警察に自首してもらおう。ここに来るのはそのあとじゃ」

「つぎ！」

次は若いピアスの男だ。

「どうした？」

「自動車事故で……」

「はねられたのか、それとも無謀運転か、どっちじゃ？」

「すんません。無謀運転で……」

「バカもん、おまえのような奴は地獄じゃ！」

化け猫顔の男はたまりかねたように、その若い男を地獄行きの舟に蹴落とした。

「つぎ！」

「へぇー」

骨と皮ばかりにやせ細った老人は進み出るのもままならず、その場にしゃがみ込んだ。

「どうした？」

「いやはや、老いぼれちまって。若ぇときゃー、三百六十五日、働きづくめに働いてきましただあ」

「そうかあ。ご苦労だったなあ。爺さんには天国に行って幸せに暮らしてもらおうな」

化け猫顔の男は老人の手を取り、川岸につないであった「天国行き」の舟まで案内した
「つぎはだれじゃ？」

化け猫顔の男は青白く光る怖い目を、黒山の人だかりに向けた。

地上で生き抜いて来た老人たちは、早々に手続きをすませたのか、ほんの少ししか残っていなかった。自殺の子らはとっとと追い返されて、姿を消していた。文太は残った人たちの顔を見回した。どの顔も何か後ろめたいことでもあるのか、うつむいたまま顔を上げようともせず、その場にうずくまっていた。

「そこの坊主！　おまえはなんじゃ？」

化け猫顔の男にギョロっとにらまれて、文太はギクっとした。

「あのー……」

怖くて言葉が続かなかった。

「おまえも、自殺組か？　自殺者のリストはちゃーんとここにあるが、あんまり多過ぎて見る気

もせん。若い者が自殺なんてぜいたくじゃ。そう簡単にここに来てもらっちゃ困る。お父やお母が心配しとるで、とっとと帰んな」

化け猫顔の男はさっき会った泣き声の子たちが説明した通りのセリフを並べた。

「いんや、ちがうんや」

「ちがう?」

「僕は崖崩れにあって生き埋めに……」

「おう、おまえさんか。さっきじっちゃんとばっちゃんが捜しておったんは」

びっくりしたように、化け猫顔の男は目をひん剥いた。

「じっちゃん、ばっちゃんもここに?」

「そうじゃ、つい今しがたな。そうか、そうじゃったのか」

いたく感心したように、化け猫顔の男はうんうんうなりながら、

「実はな。じっちゃん、ばっちゃんは地上で十分お勤めを果たしたで、先に行ってもろうた。そのとき、坊が来たら、先に行くと伝えてくれと頼まれたんや。坊は年寄り思いの優しい子だ言うとったで、何とかしてしてやりたいがどうしたもんかのう?」

首を傾げ腕組みした化け猫顔の男は、しばらく思案していたが、

「あっ、そうだ、そうだった」

と急に飛び上がり、机の引き出しから黄ばんだ封筒を取り出した。

「これはな、坊のお母が六年前、ここを通るとき預かったもんだ。読んでみるがいい」

懐かしいお母からの手紙だった。貧しい農家に生まれ、小学校さえろくすっぽ行ってないお母は字を知らなかった。それでも文太の書き取り帳を覗いては書き取りのまねごとをしていた。鉛筆の芯をなめながら一心になって手紙を書くお母の姿が目に浮かんだ。

おまえが大きくなるのを見届けたかったのに、
病気に負けてしまって本当にすまん。
おまえがいい子に育つよう
見守っているけん、
頑張るんよ

お母のたどたどしい字を見ていると、胸がジーンとしてきた。そのお母もここを通って行ったのかと思うと目がしらが熱くなった。

「涙出したらあかんで。あのな。坊のお母はこの手紙を預けるとき、川の向こうの国で、坊が来るのを待っとると言っておった。さあ、お行き、あの舟で」

と、化け猫顔の男は「幸福の国行き」の舟を指した。

「ありがとう、化け猫のおじさん。いや親切なおじさん」

渡し舟に向かって駆け下りる文太に、

「いいか、お母に会えたら一緒に暮らすんやで。間違ってもお父のようなことには……、いやいやわしの独り言や何でもない。お母に会えるまで頑張るんやで」

と、化け猫顔の男は文太に手を振った。

文太は一瞬、足を止めた。化け猫顔の男が言葉を濁したお父のことが気になったのだ。お父がどうしたというのか。お父は事故で死んだことになっているが、人を殺めでもしたというのだろうか。もしそうなら、お父はあの舟で……。文太は渡し場に横付けの地獄行きの舟を見た。

「坊、立ち止まるでない。キョロキョロしているうちに舟が出ていってしまうぞ」

文太の迷いを断ち切るように、化け猫顔の男の怒鳴り声が追っかけてきた。

お父のことは後でゆっくり考えることにして、幸福の国行きの舟に飛び乗った。

永遠の流れをはぐくむ大河が、文太の前に立ちはだかった。男が言うように、ほんとに幸福の国に行けるのか不安だったが、この川を渡りさえすれば、お母に会えるのだと思うと、不安も消えて心が軽くなった。

渡し舟の船頭は二人だった。頭からすっぽり黒い頭巾をかぶり、全身を黒衣で覆っているので、男だか女だか区別できなかった。ただ呼吸の合ったその動きから夫婦のように見えた。何十回何百回となく地上からやってくる死者を乗せ、この河を往復したに違いない二人を眺めているうちに、文太はいいことを思いついた。この二人に尋ねればお父やお母のことがもう少し詳しく分かるかもしれない。

「あのう?」

二人のうち小柄な船頭さんに声をかけた。

聞こえたのか聞こえないのか、船頭さんは文太の方には顔も向けず、ろをこぐ手を止めなかった。

「六年前にお母は病気で、お父は三年前に工事現場の事故で死んだ」

そう伝えたとき、小柄な船頭の手が一瞬、止まった。が、それだけだった。その後は何事もなかったように静かにろをこぎ続けた。まるで蝋人形のように不動の姿勢で黙々とろをこぎ続ける船頭に取り付く島もなく、文太はたゆとう大河の流れに目を移した。

川面はご来光が差し込んで、立ち込める霧の中で鮮やかな光の輪をなしていた。まばゆいばかりの光の行列を目で追っているうちに、はるか遠くに思われた対岸が目の前に迫ってきた。

洒落た白い塔が、入ってくる舟の見張り番のようにどっしりと身構えて建っている。その白い塔を目前にして、文太は息を呑んだ。

堂々と空に突き出したその巨体は、子どもの文太を易々と呑み込んでしまいそうだった。その外壁、その柱、その彫刻など塔を取り巻くすべての装飾が、初めて見るものばかりだった。その昔、地獄に落ちるのを恐れてこっそり戻ってきた悪人を閉じ込めた牢獄が地下にあり、潮が満ちるたびに囚人たちを悩ませたと、後で知らされることになるのだが……。

白い塔に夢中の文太の肩を、小柄な船頭がつついた。頭巾で顔が見えないのに、何だか微笑んでいるように感じられたのは、気のせいだろうか。

舟から降りるとき、小柄な船頭が文太に握手を求めてきた。その手は「あの国で困ったことがあったときは、いつでも戻っていらっしゃい」とでも言うように、優しいぬくもりに満ちていた。

白い塔の前に降りたったとき、もと来た道を引き返す小舟の上から手を振る小柄な船頭の姿に目を凝らした。文太はひどく悲しかった。お母を天上に見送ったときのような悲しさだった。

六年前、お母の遺体は白い箱ごと、血のような炎を吐いている窯に入れられた。しばらくして煙突から青白い煙が吐き出された。風にたなびく青白い煙は、空に舞い上がる天女の衣に似ていた。天女になったお母があの世に旅立つのがつらくて、文太は煙から目をそらしたのだった。

小舟の影が水面から消えるのを見届け、歩き出したときだった。文太のすぐ目の前に、まん丸い巨大なバルーンが空から降りてきた。その中に人影のようなものが見えたと思ったら、まだ揺れが止まってないバルーンの中から、鉄砲玉のように次から次へと、人間たちが飛び出して来た。最後に降りたったのは、黄色の旗を持ったガイドさんだった。

きょとんとしている文太に、

「僕、ひとり?」

と、ガイドさんが声をかけてきた。

せむしのように背が曲がったガイドさんは、栄養が悪いのか、顔の色がどす黒く、お母よりも四つも五つも老けて見えた。文太がうんとうなずくと、気の毒そうに眉をしかめ、

「どうして一人でこんなところまでやってきたの？」

と、口をパクパク動かした。

文太は返事に困った。崖崩れのあと、知らないうちに天上に着いていた。化け猫顔の男の言うままにお母が待っているという幸福の国に、文太は今たどり着いたばかりなのだ。

「だれか知った人でも、この国にいるの？」

生活疲れのためか、ガイドさんはつやのない顔をしきりに文太に差し向けた。

「お母が……」

「あら、お母さんがいるの？　そりゃ、よかった。それでお母さんはどこに？」

ガイドさんは意地悪だ。文太が答えにくいことを訊いてくる。文太が首を横に振ると、ガイドさんは腕組みをして、考え込んだ後、急に何か思い出したように大声を上げた。

「みなさん、この子のお母さんを知っている人はいませんか？」

塔の前でそれぞれ思い悩み身をやつしている乗客たちが、一斉に文太に視線を向けた。その中の双子の赤ん坊を抱いた若いお姉さんが駆け寄ってきた。

「僕も一人？　実はこの子たちもお父さんとお母さんを捜してるの。この国に着いたとき白い塔の前で迷子になっていたのよ」

若いお姉さんはまだおむつが取れていない双子の顔をかわるがわる覗いた。口の周りに菓子くずがくっついた赤ん坊は、訳が分からないのか、若いお姉さんの胸の中で、歯の生えていない口を開け、無心に笑っていた。

女の子の眉と眉の間に小豆大のいぼがあり、男の子の方は目元にほくろがあった。どこかで見たことがあるような顔なのに、だれの顔だか、そのときは思い出せなかった。

「そうだ。この子たちのお父やお母と一緒に、僕のお母を捜しに行こう。さあ、僕も乗って」

ガイドさんが文太の肩を叩いた。

ガイドさんの黄色の旗を目印に、三々五々散っていた乗客たちがバルーンに吸い寄せられた。バルーンの中は引力が全く働かず、みんな宙に浮いていた。周りの景色を逆さに見ながら、文太はガイドさんが差し向けるマイクでこの国に来たいきさつを話した。

悲しみが胸につかえてしどろもどろの文太に、周りの乗客たちはハンカチで目頭を押さえた。文太の身の上に同情したバルーンの乗客たちも、実は台風による落石でバスごと転落し、昨日この国にたどり着いたばかりだと、ガイドさんに教えられた。胸に付けたバス巡りのバッジが涙に濡れていた。

みんなの悲しみを吹っ切るように、バルーンはマッチ箱のように小さく見える家々をまたぎ、切り立った岩からなる山頂に舞い降りた。

そこからは幸福の国が見渡せた。大地に張り付くように並んだ赤い屋根に白壁の家々。遥か遠方には、文太が最初に目にした幸福の国のシンボルである白い塔や親切な船頭に送られて渡った大河が、青い空と境を接して、ゆったりと横たわっていた。

「あなたたちもあの河を渡ってきたのね」

隣にいた若いお姉さんは言葉のしゃべれない双子の赤ん坊に向かってささやいた。

言葉が分からないはずなのに、いぼとほくろの赤ん坊たちは、饅頭のようにまん丸い握りこぶしを突き出して、しきりにおいでおいでをしていた。何を思ってそうしているのか分からないが、文太は改めて二人の顔を見直した。やっぱりだれかに似ていた。今まで出会ったうちのだれかなのに、どうしても思い出せなかった。

「ここから町まで歩きましょう」

バルーンからみんなを下ろすと、ガイドさんはすたすたと歩き出した。ガイドさんの後について迷路のような細い道を降りて行くと、崩れかかった古い白壁の家々が軒を接してひしめき合っている裏通りに出た。

くねくねと曲がった石畳の小道は、地下に潜るように延びていた。袋小路で無邪気に遊び回るはだしの子どもたち。軒下に座り込んで不揃いの果物を売る老婆たち。

「こんな風景は滅多に見かけないのよね。懐かしいわ」

一歩一歩踏みしめるように石畳の坂道を行くガイドさんのせむしのように曲がった背中、てかてか光る安物の化繊のワンピースに目をやりながら、ガイドさんが生まれたところはもしかしたらこんな貧しさが漂う街だったのかもしれない。文太はふとそんな気がした。

ガイドさんが悲しい運命を背負ってこの国で働いていることは、間もなく分かった。飛び入りの文太を、ホテルの同じ部屋に手配してくれたのはガイドさんだった。お母がよく着ていたような青絣の浴衣に着替えたガイドさんはソファーでくつろいでいた。

「まるで親子みたいね」

しみじみと言いながら、ガイドさんは文太の坊主頭を撫でた。

「子どもはいないんか?」

浴衣を通して伝わってくるガイドさんのぬくもりに甘えて、問うてみた。

「辛いことを訊くのね」

ガイドさんは怒ったように、鼻をツンと上に向けた。

「そうかて、お母、いやガイドさんのこと、何でも知りたいんや」

目をひんむいて耳を傾けようとする文太に、ガイドさんは悲しそうな目で応えた。

「いいのよ。お母でも……。実はね。私にもあんたくらいの男の子がいたの。その子が乗っていた通園バスが無謀運転の若者に追突されて……。その子の後を追ってこの国までやって来たんだけど……。とうとう見つからなくてね。そりゃ、捜したわよ、こんなにまでなって」

と、ガイドさんはせむしのように曲がった背を突き出した。くるんと丸くなった背はラクダのこぶのように固く、触るとひんやりとした。

「最近、やっと気づいたの。死んだものと思い込んでいたんだけど、どうもここには来ていないらしいの。僕も会ったでしょ、あの化け猫顔の男に。その男がそんな子、見かけなかったって」

ガイドさんはさらに続けた。

「私が後を追ったのも知らず、あの子はちゃんと地上に戻ったのよ。それも後の祭り。地上に戻ったあの子にどれだけ会いたいって思いつめたかしれないけれど、地上に戻るお金がなくて帰れなかったの」

しみじみと語るガイドさんの顔は悲しみに歪んでいた。ガイドさんが文太のお母より老けて見えたのは、ガイドさんの苦労のせいなのだ。

「それでガイドやってかせいでるんか？」

「そうよ。でもね、ガイドの仕事もあまりなくてね。地上からやってくる人たちを見るとお金に見えちゃって……」

そこまで言わせるのはむごいと思いながら、文太は耳を傾けた。

「そればかりでないのもほんとよ。地上からやってくる人を見るととても懐かしくて、まるでほんとの家族のように思われて……。僕のこともね。捜し続けていた息子のような気がして」

袖に顔を当て涙を拭うガイドさんの前で、文太はおろおろした。涙がしばらく続いた後ガイドさんは何を思いついたのか、突然、文太の手を取った。

「あそこに行こう。あそこなら僕のお母の居所も分かるかもしれん」

引っ張るようにしてガイドさんに連れて行かれたところは、暗い光に覆われた裏町の酒場だった。酒場は混んでいた。薄暗いホールは人いきれでむんむんしている。酒のにおいもする。ガイドさんは文太の手を取り、奥の方へ案内した。

「ここはね、仕事や恋や生活に疲れた人、愛する恋人や家族を失って悲嘆に暮れている人など、さまざまな人がやってくるの。周りの人たちをよーく見てごらん」

ガイドさんの言うままにホールを見回すと、そこにはこの世に二つとない不思議な顔をした人たちが、ちびりちびりと酒を飲んでいた。右目と左目が逆さになっている人、黒焦げの顔に白い歯と目だけが飛び出している人、あごから胸にかけて肉の棒が伸びている人、どの顔も苦しみと悲しみの余りゆがんで、目には鉛のような水玉をためていた。

間もなく真ん中のステージにライトが点り、黒衣をまとった青い目の中年の女が現れた。ギターが鳴り出すと、女は静かにそして悲しい声で歌い始めた。メランコリックなその歌は文太の胸にもジーンときた。歌詞の意味は分からないのに、その歌声にこれほどの悲しみが込み上げてくるのはどうしてなのか、文太にも分からなかった。

「僕のお母も、きっと一度はここに来たはずよ。おばさんだって何回も来たんだから」

ステージの女から目を離さず、ガイドさんは文太の袖をつついた。

ガイドさんの燃えるような目を見ながら、文太はここに通い詰めれば絶対お母に会える確信を抱いた。そんな雰囲気がこの薄暗いホールには張り詰めているのだ。

一曲歌い終わると、黒衣の女はステージの袖に消えた。同時に中央のライトが消え、客席がほんの少し明るくなった。

「あっ!」

文太は目を疑った。今まで黒衣の女が歌っていた中央ステージの向こう側のテーブルにじっちゃんとばっちゃんがいるではないか。じっちゃんばっちゃんは文太の方に顔を向けているが気づいた様子はなく、そ知らぬ顔をしている。文太は立ち上がった。そして人々の席を縫って反対側のテーブルに近づいた。

文太は二度、度肝を抜かれた。じっちゃんばっちゃんに見えたのは、あの双子の赤ん坊だった。やっと思い出した。女の子のいぼはばっちゃんの、男の子のほくろはじっちゃんのものとそっくりだった。薄暗いホールでは老若の違いなど見分けにくく、赤ん坊である双子の顔に暗い影がしわのようにさして、じっちゃんばっちゃんの顔と重なって見えたのだった。

「あらっ。僕もこんなところに？」

ガイドさんの客であるあの若いお姉さんは文太の出現に驚いた様子だった。

「もしやこの子たちの親御さんに会えやしないかと思って」

彼女もガイドさんと同じことを思いついたらしい。

そのとき、文太は決心していた。ガイドさんには悪いけど、この街に残り、独りでお母を捜そう。双子の赤ん坊をじっちゃんばっちゃんと見間違えたのも何かの因縁、この酒場に通えばいつかお母に会える、そんな気がした。

翌朝、次の街に向けて出発するガイドさんにそのことを告げた。

「ほんとに大丈夫？」

ガイドさんは残念そうに薄い眉を八の字にゆがめた。

「大丈夫。絶対にお母を見つける」

きりっと唇をかみしめる文太に、ガイドさんはそれ以上何も言わなかった。

黄色の旗を振るガイドさんたちを乗せたバルーンが切り立った白い山の向こうに消えたとき、悲しみと心細さが文太を襲った。わずか一日のうちに、あんなにも心が通じ合ったガイドさん。もうここにはいないのだ。

でもすぐ、文太は思い直した。ガイドさんとはほんとのお母を捜すために別れたのだ。ほんとのお母の行方を確かめずに、のんびり旅など続けておれない。

文太は酒場に向かった。町の通りは一夜のうちにレモンを溶かしたような黄色に染まっていた。白壁の家々も緑の植樹も、そこを流れる空気や風までがレモン色に薫っているのだった。

黄色に煙るこの国の人たちは、ガイドさんたちとは何から何まで違っていた。白い肌に深くくぼんだ青い目。もじゃもじゃの縮れた赤毛にまとっている衣までが、太陽に焦がされたように強烈な明るさを放っていた。

しばらく行くと、頭にひまわりの帽子を乗せた女たちに出会った。手に手に持った編みかごから真っ赤に熟れたパプリカが覗いていた。

「ハレムハレ」

一様に愛嬌を振りまき帽子を取って見せた。

また少し歩いた。今度は山のようにメロンを積んだ馬車に出会った。文太の頭より大きくまっ黄色に熟れたメロンの馬車は、ほんのりと甘い香りを振りまきながら、ゆっくりと通り過ぎて行った。

通りの中央に人だかりがあった。人垣を縫って前に出てみると、まあ、何ということだろう。絵描きさんが道路をキャンバスに、少女の似顔絵を描いているのだ。赤毛の少女の目はまるで生きているように青く澄んで、半開きの唇は燃えるように赤かった。それもそのはず、青い目は空の色をチューブで盗み、赤い唇は真っ赤な太陽を吸い寄せて塗りこめているのだ。

文太の頭の中は混乱していた。レモン色ずくめの世界で、人々はハレムハレなどと宇宙人のような言葉を使い、一日を三十時間にしてのんびりと生活を楽しみ、絵描きさんが空や太陽の色を拝借して道路をキャンバスに絵を描く。そんなことが日常のこの国は、一体どういう国なのか。

驚いたのはそればかりではない。文太が立っている目の前の店のウィンドウに、見知らぬ少年が映っていた。その肌は白く、金髪で長い髪の毛、目は青かった。尻の辺りに何だか馬のしっぽのような袋までぶら下がっている。それが自分の姿であることに気づいたとき、文太はそこに立っているのが怖くて、小走りに駆け出した。

周りの一切合切が奇奇怪怪として、分け入る空気までが針の山のように感じられた。足は電気仕掛けの人形のように止まらなかった。天上を放浪しているうちに伸びた髪を逆立て、猛スピードで駆け抜ける文太を、通りを行く人たちが目をひんむいて振り返った。

ガチャン！

という音がして、文太はやっと止まった。昨日の夜の酒場の前に、文太は転がっていた。不思議なことに、顔や目の色、髪の形は天上にやってきたときの姿に戻っていた。

ライオンの頭をかたどった取っ手の付いた扉は閉まったまま開かない。扉の前には文太のほかに団子のようにまん丸と太った女が座り込んでいた。色のあせたマントをかぶり赤子を抱いた青い目の女の前には、銭入れの缶が置かれていた。女は何やらわめいて文太のズダ袋をひったくろうとやにわに立ち上がった。

文太は必死でズダ袋を押さえた。その女はズダ袋を押さえる文太の手を引き離そうと、片手に力を入れた。そのとき、もう一方の片腕の中の赤子が泣き出した。女は文太の手から力を抜いた。そして、その片手を赤子の背に回した。「おめえのために母ちゃんは……」とでも言っているのか、女は赤子を強く抱きしめた。

文太はこの国の人たちに腹を立てたり怖がったりしてもおかしくないのに、奇妙に寂しくなった。明らかにまだ年少の文太の持ち物を、白昼堂々とひったくるという卑怯な真似をしてまで、わが子を守ろうとする母親がいる。それに引きかえ文太は一人ぽっちなのだ。

乞食の女と文太のやり取りを一部始終、二階のバルコニーから観察していた酒場の主人が下りてきて、扉の奥から顔を出した。

「坊や、取り合っちゃいけないよ。さあ」

と、文太を招き入れた。

中はがらんどうだった。昨夜の熱気はどこへやら、客席もステージも夜の眠りに落ちたまま、静かに沈黙していた。

「どこから、来たんだい？」

ひげ面のサングラスの主人が言った。この国の人らしく、髪の毛は赤い縮れ毛だったがよく見ると目は黒く黄色の肌をしていた。

事細かにこの国に来たわけを告げると、

「もしかしたら、アルベのお母のことかな?」

　とつぶやいた。

「アルベのお母って、何やの?」

「それがな、ふう一ん……。ほんまのこと話していいもんやら……」

　坊主頭の文太を気遣って、主人は言葉を濁した
「何でもいい。お母のことなら何でも聞きたいんや」

　夜の片づけが終わってないのか、水の切れてないワイングラスを拭く主人に、文太はせがんだ。

「それがな。アルベのお母になったという女は、六年前にここに来たんや。じっちゃんばっちゃん、それに息子を残してここに来たと言うとったよ」

「それ、僕のお母や。お母は六年前に死んだ。それでアルベのお母ってどうしたんや?」

「ううん、実はな。そのお母、お父に会いたい言うて、この酒場に毎日通って来たんやけんど、お父になかなか会えなくて、もう我慢できんようになってしもうて、そのアルベって男の女になったんや」

「お母がアルベの女にか?」

「坊やのお母かどうか分からへんけど、とにかくアルベの女になったんや。でもな、この国じゃ、よそ者と夫婦になるんは許されんのじゃ。それでアルベと女は……」

主人は口ごもった。

「どうしたんや？」

「そこから先は言えん。坊やがほんまにお母に会いたい思うんなら、この国の最果て岬に行ってみることや。そこに行けばきっとほんまのことが分かるやろ。とにかくわしの口からは言えん」

文太がどんなにせがんでも、主人はそれ以上絶対に口を割らなかった。仕方なく、文太はその最果て岬までの地図を描いてもらい、酒場を出た。

歩くと一か月はかかりそうな道を、文太はいとわなかった。広い赤土の大平原、急な登りの岩山、切り立った崖、流れの速い川や深い谷……。文太は途中で何回も大空を見上げた。

ガイドさんたちを乗せたバルーンの代わりに大きな入道雲が文太を追っかけるように付いて来た。文太は頭を横に振った。バルーンや入道雲の誘惑に負けて弱音をはいては、お母に会えなくなるかもしれないのだ。文太は足元だけを見るようにして脇目も振らず歩き続けた。

緑の林を何回も抜けると、ゴロゴロとした赤土の岩肌をむき出しにした崖っぷちに出た。らせん状の崖を上り詰めたところで眼下を見下ろすと、背の低い草が、所々に張り付いている赤土の台地が開けた。その台地の先端は波に削り取られて断崖絶壁になっていた。

文太は断崖絶壁の岸壁から海を見下ろした。波が岩に砕けて白いしぶきを上げていた。最果て岬にふさわしく、崖の上は風が吹き荒れて人影さえ見えなかった。文太はもう少しのところで吹き飛ばされそうになった。台地に吸い付くようにしっかりと足を踏ん張って打ち寄せる波を見送っていると、すぐ隣で声がした。

「坊、よう来たなあ。坊がきっとここまで来る思うとった」

文太はギョっとした、すぐ後ろに渡し場で見た化け猫顔の男よりはるかに醜い老婆が立っていた。その髪は真っ白く、落ちくぼんだ眼は銀色の光を発し、削げ落ちたほほの肉はあごにぶら下り、目も当てられないほど無様なしわだらけの顔だった。

「坊に訊かれる前に、わしの方から話そう。驚くでないよ」

老婆は一息ついて、話し始めた。

「坊のお母はこの崖からアルベと一緒に海に飛び込んだんじゃ。わしが止めるのも聞かんで。何とむごいことよのう」

やっぱりそうだった。お母はアルべと心中を図ったのだ。地上から文太がこうして訪ねて来ようとは夢にも思わず、この国で知り合ったアルべと手と手を取り合って、この海に散ったのだ。涙は不思議と湧かなかった。悲しみより、お母の裏切りを許せない気持ちが強かった。

この国に着いたときから、お母だけが頼りだった。お母のために、ほんとのお母のように親切にしてくれたガイドさんとも別れた。

「いい子に育てよ」と、置手紙までしながら、なぜ死んでしまったのか。なぜ文太がやってくるまで待っていてくれなかったのか。お母を呑み込んだ海が憎かった。お母を道連れにしたアルべが許せなかった。できれば、今すぐにでも海に飛び込んでアルべからお母を奪い返したかった。

「坊よ、お母をうらむでない。この国ではな。心中は許されんのじゃ。心中した者はな、あの世にも行けず、地上にも戻れんのじゃ」

からからに干からびた唇をなめながら、老婆は歯のない口を動かした。

「そんなら、お母はどこに行ったんや?」

「それがな、どうしたと思う? この国の神様はお優しい方じゃ。行き場のなくなった二人を甦らせて、黒衣の船頭にしてやったのさ。もちろん、この国にも地上にも戻れないがね。二人はとても喜んでね、お父に会っても息子に会っても決して口をきかないという条件を呑み込んで、船頭になったのじゃ」

文太は言葉が出なかった。お母が黒衣の船頭に？　船頭とはこの国に来るときに乗ったあの渡し舟の船頭のことか？　文太はくびすを返していた。ガイドさんにもらったズダ袋を置き去りにして。老婆は文太の残していったズダ袋や小さな足跡をかき集めながら空に消えた。

文太は海岸線を走っていた。渡し舟の中でお父やお母のことを口にしたとき、小柄な方の船頭が確かに反応した。舟から降りるときも、わざわざ文太に握手を求めてきた。あれはお母だったのだ。お母はものが言いたくても掟のために、一言もしゃべれなかったのだ。

文太は汗と涙でボロボロだった。こんなところまで来なくても、あのときもっとせがんでいたら、お母も口を聞いてくれたかもしれなかった。この国の掟を破ったとしても、この国の神様は優しい方だ。わが子に出会えた喜びに理解を示さないはずがない。

勝手なことを考えながら、文太は赤や黄の色鮮やかな小舟が浮かぶ海岸線を走った。頭の後ろの方から何かが追っかけてくると思ったら、それは白い入道雲だった。だるまのように太った入道雲は、文太が足を速めると走り出し、止まるとじっとして動かないのだった。

白い塔が淡い光の向こうにうっすらと見えた。いよいよお母に会えると思うと、勇気百倍、走りに走った。白い塔がどんどん大きくなった。あと百メートル……。頭がくらっとして文太は倒れるように渡し場に辿り着いた。

意識が戻ったとき、文太は渡し舟の上だった。船上には船頭もだれもいなかった。もしかして船頭のお母は文太会いたさに掟を破って舟を下り、幸福の国へ向かったのかもしれなかった。文太はやにわに起き上がると、もと来た道を引っ返そうと、白い塔がある空の向こうに目をやった。そのときだった。

「坊、引っ返すでない。引っ返したら二度と地上に戻れなくなってしまうぞ」

と、空の上から声がした。崖っぷちで出会ったあの醜い老婆の声のようだった。

「あのなあ。坊のお母はわしが許してやったんじゃ。坊を乗せたとき、約束を守って一言もしゃべらなかったご褒美にな。坊はそのまま地上に戻るんじゃ。戻ったらきっとお母に会えるはずじゃ」

姿は見えないのに、確かにそれは老婆の声だ。舟の上には最果て岬に置き去りにしてきたはずのズダ袋がいつの間にか乗っていた。

白い入道雲が張り出して、幸福の国の赤い屋根や白壁の家々を包み込むように、優しく見下ろしていた。太くて張りのある老婆の声は、その入道雲の中から聞こえてくるのだ。

文太を乗せた舟は船頭もいないのに、水上を滑るように走った。空を見上げる仰向けの文太の腹の上で、水しぶきがぴちぴちと跳ねた。老婆の声が小さくなるにつれて、入道雲が少しずつしぼんでいくのを、文太は不思議な気持ちで見送っていた。

うたた寝から覚めたとき、目の前は真っ暗だった。柱のような大木が幾重にも重なって光をさえぎっているのだ。背中の辺りは何だか重い。踏ん張って立ち上がろうとするのに手足までがしびれるように重くて、力が入らなかった。

人の声がした。微かだが確かに上の方から人の話し声が聞こえてくる。

「助けてください！」

文太は叫んだ。

人の話し声が止んだ。が、それもほんの一瞬のことだった。

「助けてください」

文太はもう一度叫んだ。

「やっぱり、変だ。だれかいるぞー」

今度は間近で人の声がした。

文太はあらん限りの声を上げ続けた。

通じたのだろうか。しばらくして頭の上の方で土砂を掘るスコップの音が聞こえてきた。ザクザクというスコップの音は、文太の体の芯まで振動させた。文太はトタン屋根の家を押しつぶした土砂の中に埋まっていたのだ。土砂を掘る音が激しくなるのを、もうろうとした意識の中で聞きながら、深いまどろみに吸い込まれていった。

ざわざわとした人の気配で目覚めると、目の前に死んだはずのお父がいた。お父は青白い顔をしていた。口の辺りはもじゃもじゃのひげが伸び放題で、浮浪者のようだった。

「文太、よう生きとったなあ」

と、言ったかと思うと、お父はひげ面のあごを文太の額に押し付けた。

覆いかぶさってきたすえた汗のにおいは、懐かしいお父のにおいだった。お父は生きていたのだ。じっちゃんばっちゃんにお父が事故に遭って死んだと聞かされたとき、文太は葬式も出さないのを不思議に思った。お父は何か深いわけがあって、出かせぎから戻ってこれなかっただけなんだ。そのわけを問いただすのは野暮と言うもの。今こうして目の前で文太を抱きしめ、男泣きの涙にくれるお父。それだけで十分だった。

「ごめんよ、文太」

文太を抱きしめたまま放そうともしないお父は何回も詫びた。ふと見ると、お父の背には、ねんねこに包まれた赤子が眠っていた。ほっぺたがモモのようにふっくらとして、お母にそっくりの女の子だった。

「この子はな、台風でお父もお母も失ったかわいそうな子なんや。あまりに気の毒なんであずかったんだ。ほんとの妹や思うて、仲良くしてくれな」

いつの間にか目を覚ました女の子は、邪気のない透き通った目で文太の顔をまじまじと見つめ、マシュマロのような柔らかな手で、文太の小指を握りしめた。

文太は涙が止まらなかった。辛くて悲しい涙ではない。死んだとばかり思い込んでいたお父に会えたばかりか、お母そっくりの妹までできた。そう、あの幸福の国の神様からの文太への置き土産だったのだ。

じっちゃんばっちゃんの遺体は、その翌朝、土砂の中から発見された。幸福の国で出会った双子の赤ん坊は、じっちゃんばっちゃんの生まれ変わりだったのかもしれない。今ごろは若いお姉さんの胸に抱かれて、ガイドさんたちと一緒に、幸福の国の旅を続けていることだろう。

明るい夏の太陽が、台風の去った文太の村を黄金色に甦らせていた。青い空を突っ切るようにむくむくと盛り上がった白い入道雲。文太はあの別の世界で見た入道雲のことを思い出していた。

炎の少年

憩いの森キャンプ場に吹き渡る涼しい風に乗って、黄昏どきの神秘的な気配が辺りに漂い始めた。

「松木！　準備だ」

飯盒にこびり付いた飯粒をガリガリこすり落としている圭太の耳元で、神山先生の声がした。慌てて片付けをすますと、先生の後から、ワイヤーレスマイクを持ってファイヤー広場に駆け下りて行った。

薄ら明るい広場には、まだだれもいない。先生は舞台に設置した放送器具類を点検し、キャンプファイヤーの準備を始めた。この二か月の間に流した汗は無駄にはできない。始まってしまったら、もう後戻りはできないのだ。圭太は緊張した。

「音が入るか、何かしゃべってみろ」

「はいっ。美しい星の夜空に人々は集い……」

口に出して何回も練習したナレーションの一節が、マイクを通して淀みなく広がった。ナレーションは神山先生と一緒に頭をひねり合って編み出したオリジナルだ。

「その調子、その調子だ！」

力強く温かい言葉に支えられ、いよいよ一世一代の舞台が始まる。雑木林のあちこちから、みんなが隊列を組んで下りて来る。圭太は大きく深呼吸した。

白い月が東の空から昇った。

入場をすっかりすませた広場は、炎の祭典を前に、昼間の喧騒もどこへやら、緊張した空気に包まれている。山間を縫って忍び寄るひんやりとした心地よい風が、微かに音を立てているほかは、咳一つ聞こえてこない。広場に集まっているみんなの顔も、月光の中にほの白く浮かんだまま、じっとして動かない。

圭太はマイクの前に立った。

峰々に憩いあり
梢にかよう　風もなく
森に小鳥の　声もやみぬ

待てしばし
やがて　なれも憩わん　（＊詞＝ゲーテ）

低く流れる詩の調べは、いつしか「一日の終わり」のハミングと溶け合って、夜の祭典の幕開けを告げていた。

大自然の闇の中から、堂々と営火が入場した。「友情の火」、「団結の火」、「希望の火」、「奉仕の火」と唱和しながら、四つの松明に次々と点火された。

「人間の精神的よりどころ、感情のシンボルとされてきた火が、まさに点じられようとしています。点火と同時に『燃えろよ燃えろ』を歌いましょう」

圭太の合図で、四つの火が、一斉に中央営火に点じられ、バチバチと音を立てながら、燃え始めた。

燃えろよ　燃えろよ
炎よ　燃えろ
火の粉を巻き上げ
天まで　こがせ

……

（＊詞＝串田孫一）

「この良き日の思い出のために、心に燃えたぎる青春の炎を、あの広い星空に向かって、思い切り燃やし尽くそう。さあ、歌おう、元気いっぱい」

圭太の自信に満ちたエールが、天空に響き渡った。

今日のこの日のために、母千代が夜なべして縫い付けた「炎」のロゴマーク入りのユニホームに身を包んだ圭太。エールマスターにふさわしく、だれの目にも、一際大きい印象を与えた。歯切れのいい掛け声は、マイクからこぼれて乙女座の星の下を流れた。

プログラムは順調に進み、「オーマリヤーナ」、「恋のマライカ」など、テープが擦り切れるまで練習を積み重ねてきた、とっておきのファイヤーの歌が、次々に飛び出した。

炎はますます燃え広がり、肩を組み輪を作っているみんなの顔を、赤く染めている。燃え盛る炎が歌声を包み、大きな歌声が炎を食む。まさに炎と歌声の大合唱だ。

周りを見渡すと、何と外野席には地元の人々やアウトドアを楽しむ見物人たちが続々と詰めかけ、圭太らのキャンプファイヤーに拍手を送っているではないか。

「いいぞ、これでいいんだ。最後の最後まで歌って歌い上げて、踊りまくれ」

歌声の輪の中に紛れていて姿が見えなかった神山先生が、突然、目の前に現れて、圭太をけしかけると、また、みんなの中に潜り込んだ。

「次はいよいよフォークダンス。君もあなたも、先生も生徒も一緒になって、さあ、踊りましょう。歌いながら」

踊りの輪は、「マイムマイム」や「ビューティフル・サンデー」の軽快なリズムに乗って、右から左へ、前から後ろへと、大きなうねりを見せながら、熱気の渦を作り出した。

「生徒の前で踊らされるなんて、恥はかきたくないよ」と、突っぱねていた生徒指導の大熊先生も、ツルツルの頭から玉の汗を吹き出しながら、結構、楽しそうに踊っている。

練習のとき、ふて腐れて、ほとほと係の手をやかせた一部のやんちゃグループも、何かに取り憑かれたように腰を振り、手拍子を取っている。

涙がとめどもなく、圭太の頬を伝った。この広い荒野をとどろかせ、天まで焦がす炎の祭典の介添え役を、果たして最後まで務めることができるだろうか。この日のために、自腹を切って、CDや音量確保のためのバッテリーなどを準備してくれた先生方の期待に、どれだけ応えることができるだろうか。

練習を重ねるごとに、圭太の肩に重くのしかかっていた不安も、今は吹っ切れ、火の粉をまき散らして消えていく風のように、すっとどこかへ引いてなくなっていた。

満天の星空にこだまする炎のきらめき、その周りで歌や踊りに身を狂わす若人の熱気は、今や四方の山々に映えわたり、キャンプファイヤーもクライマックスを迎えていた。

ワイヤーレスマイクを片手に、踊りの輪を縫って駆けまわる圭太は、怯えもためらいもない、まさにエールマスターそのものだった。

炎の祭典のムードを盛り上げるのに夢中の圭太には、今こうしている自分の存在が、不思議でならなかった。転校してきたころには想像さえつかなかった今日のこの日……。思えば、紆余曲折を乗り越えやっとたどり着いた晴れの舞台だった。

転校先の星華台中学校は、人口が激増する新興都市に新設されたマンモス校だった。町外れにある小高い山の、切り通しの真ん中に建っていた。でっかい校舎はペンキで塗りつぶしたように白く、造成したばかりの校庭には緑らしいものがなく殺伐としていた。

鉄格子の校門をくぐり、らせん状の階段を登ると、そこは玄関だった。だだっ広いその空間には、靴跡一つ見当たらず、床のコンクリートは白く乾いていた。来客用の上履きを借りようにも準備はまだのようで、仕方なく埃が浮いている廊下を爪先だって歩いた。

職員らしいワイシャツ姿の若い男の人が、来校者には目もくれず、走るようにして圭太親子の傍を通り過ぎようとした。

「あのう?……」

千代の遠慮がちな問いかけに、一瞬、足を止めたその人は、忙しいのか、後ろも振り向かず、さっさと行ってしまった。

新設間もないとはいえ、何と慌ただしい学校だろう。廊下に立っていると何だか居心地の悪さを覚えた。しばらくして、今度はかかとの高い上靴を履いた女の人が、大きな足音をたてながら、近づいてきた。

「どんなご用件でしょう?」

うさん臭そうに千代の頭の天辺から足の先までじろじろ眺め回すと、女の人は不機嫌そうに、来校の目的を尋ねた。

「はい。実は転入手続きを……」

恐る恐る答える千代の話が終わらないうちに、「係の者がいますので」と、職員室の表札がかかった扉を指さすと、女の人は忙しそうに速足でその場を立ち去った。

教室を二つ合わせたような広い職員室は、人影もまばらで静まり返っていた。ちらっと視線を親子に向けた先生もいたが、すぐに山積みの書類に目を落としてしまった。

だれに声を掛けたらよいのか、戸惑っている闖入者の前に、つかつかと歩み寄ってきたのは、奥の方に座っていたメガネの先生だった。かなり度がきついらしく、レンズの奥から光る眼玉をむき出すように、話しかけてきた。

「転入生ですか?」

やせぎすで背が高い猫背の先生の声は、思いのほか、穏やかで親しみがあった。

「はい」

少しばかり安心して答える千代の横顔を、圭太はちらっと見た。その顔は昨夜、引っ越しをすませたばかりの疲労感をにじませていた。脂っ気のない肌に、おしろいが粉を吹いたようにまだらに浮き立っている。もともとやせ型で頬は落ち窪んでいたが、今日の千代は何だか怯え切って、落ち着かない表情を見せていた。

千代がそんな顔を見せるには、それなりの理由があった。住民登録のため市役所に出かけても、新居を求めて家主に掛け合いに行っても、必ず配偶者である夫のことを尋ねられた。そのたびに、「主人はいません」と、答えなければならなかった。圭太を新しい学校に入れるについても、父親である浩三のことを尋ねられるに違いないという思いが、千代を不安に陥れているのだった。

「休暇中なので、今日は仮転入ということで、住所と氏名欄だけお願いします」

転入届の用紙を渡されて、千代の顔がにわかに曇り始めた。恐らく保護者欄が目に映ったからだろう。千代は素早く記入し、伏し目がちにおずおずとメガネの先生に差し出した。

「圭太。いい名前だね」

保護者欄には目を通したかどうか分からなかったが、先生は特に注意を引かれた様子もなく、メガネの奥から親しげに微笑みかけてきた。

「……」

圭太ははにかんで、口元を緩ませた。

「連休明けに正式に転入手続きをしますので、そのときにまた詳しい話をしましょう。今日のところは、これで結構ですよ。ご足労でした」

丁寧なメガネの先生の言葉に送られて、親子は学校を後にした。

緑深い山道を、急ぎ足で駆け抜けながら、木の葉の隙間から漏れてくる澄み切った青空に向かって、圭太は思い切り深呼吸した。

「圭太、新しい学校では頑張ってくれな。お前にはつまらん苦労ばっかりかけよって、すまん思うとるとよ」

しみじみと話しかけて来る千代の胸の内が、圭太には痛いほど分かった。

「うん、僕、頑張る」

「そうか、母ちゃんもお前に負けんよう、一生懸命働くきな。きっとお前を幸せにしちゃるき、頑張るとよ」

「うん」

路肩のタンポポが、柔らかい日差しの中で笑っていた。千代に言われるまでもなく、圭太は浩三の分まで頑張る覚悟だった。

父親の浩三とは、一か月前に別れた。とうとう息子の圭太にまで包丁を振り上げるようになったのだ。普段は優しく無口な父親だったが、一旦、歯車が狂うと、手の施しようがなかった。

浩三は曲がりなりにも、小倉の片田舎にあるブロック工場の跡継ぎで、性に合ってさえいれば、申し分のない身分だった。ところが若いころから、仕事より金にならない夢ばかり追って、千代と結婚してからも働くどころか、詩吟や市民バンドのサークルに熱中して、とんと身が定まらなかった。

最近は素質もないのに作曲に凝って、中央の協会に譜面を送ったりしていたが、なかなか芽が出ず、作品が突っ返されてくるたびに、激高し暴れまわるのだった。

一旦、狂い出すと止まらず、身の周りにある茶碗から花びんに至るまで、みな凶器に代わった。千代の右手には小指がない。これも狂った浩三から包丁を取り上げようとした弾みに切り落とされたものだ。

たがが外れると暴れ狂うだけならまだしも、怠け者とあっては業界の競争が激しい工場を譲るわけにはいかないと、浩三の親も見放すようになった。ただ、千代と圭太に対しては、不肖の息子の行状を詫び、圭太の将来のために、養育費の方は何とかするので浩三とは別れてやってくれと、頭を床にこすりつけてせがまれたのだった。

十三年も連れ添った夫と別れるのはさすがに辛い千代だったが、生傷の絶えない毎日を思うと、圭太と二人で暮らす方がまだましと考えるようになった。

こうして圭太は新学期の途中で、星華台中学校に編入する運びになった。

「今日からクラスの一員になった松木圭太君だ。みんな仲良くしてくれ」

早速、担任の森先生に紹介され、みんなの拍手を受けた。圭太は何だか恥ずかしくて、顔が真っ赤になった。

「僕は九州の小倉からやってきた松木圭太です。三日前、こちらに来たばかりなので、何も分かりませんが、宜しくお願いします」

もう上がってしまって、夜のうちに考えていたあだ名や趣味のことなどすっかり忘れて、通り一遍の自己紹介に終わってしまった。

「どこに住んでるんだ?」

「ええ、ちょっと分かりません」

「自分の住所も知らんのか」

みんながどっと笑った。三日前、引っ越して来たばかりなのに知る訳がない。先生は冗談半分に言ったのだろうが、転校第一日目で右も左も分からず、緊張の連続だったのだ。一刻も早く、みんなの前に立たされてさらし者になることから解放されたかった。それなのに森先生は次から次へ何やかやと質問を浴びせ、なかなか席に着かせてくれなかった。

森先生は発想がユニークな英語の先生で、ときに生徒を困らせることで知られているということを後になって知った。そうとは知らず、先生におもちゃにされるのは、圭太にはもう限界だった。

ぎこちなく突っ立っていると、やっと無罪放免の声がかかり、一番後ろの隅っこにある席を当てがわれた。大恥をかかせられたのはその後だ。腰かけた途端に、椅子からドスーンと転がり落ちた。腰かけの足が一本だけ外れかけていたのだ。

「あははっ！」

「ゲラゲラゲラ！」

万事休すだった。

転入一日目からして、恥のかきっぱなし。悪意はないにしても、他人の失敗を高笑いして面白がる学級の雰囲気には、どうも馴染めそうになかった。

先生の説明がほぼ中心の授業では、圭太が目立つ場面は少なかった。目立つとすれば国語の時間ぐらいで、それも悪い見本としてだった。

「君は西日本の出身かな？」

現代文の読みを指名され、音読の最中の出来事だった。小倉の学校で使っていた教科書とは全く違うので、冷や汗をかきながら詰まったりとちったりしているところにもってきて、イントネーションがおかしいというのだ。

「そこ、と下げるんじゃない。そこ、で上げるんだよ」

先生に指摘されればされるほどとちって、血が頭の中を逆流し、もうどこを読んでいるのか分からなくなった。

「今までもそんな読みで通っていたのか？」

矢継ぎ早に浴びせられる先生の小言としか思えない指摘に、恥ずかしさのあまり、思わず座ってしまいそうになるのを必死にこらえて、読まされるままに、延々と五ページも読み上げた。

もう喉がカラカラだった。はあーっとため息をついて座った瞬間だった。みんなの視線が圭太の方に集まった。見ると、黒板消しクリーナーを持った先生が目の前に立っていた。

「何だ！　その態度は」

火が付いたように血走った眼で、圭太をにらみ付ける先生の形相に、唖然とし圭太は目を伏せた。

「……すみません」

何が何だか分からないままに謝ってみたものの、頭を下げる圭太にぷいっと背を向け、振り切るように教卓に戻った先生の大人げない対応に、圭太は戸惑いを隠せなかった。以来、国語の時間が苦痛で、指名されるたびに緊張して思うように答えられなくなった。

転校してから八か月も経つというのに、不器用なせいか、圭太には連れ立って帰る仲間がいなかった。谷間から激しく吹き上がる風に煽られながら、枯れて土色に染まった木立の中を圭太はいつも一人で下校した。

千代は引っ越して間もなく、近くのうずら屋の選卵の仕事に通い始めた。選卵と言っても人手不足のため、うずらの世話まで手伝わされた。

ときどき、圭太は千代のことが気になって仕事場を覗きに立ち寄った。そこで卵を産みかけたまま尻に血がこびりつき、血塗れで死んでいるうずらや、白骨化しかけたうずらの死骸がここかしこに転がっているのを見かけた。

何よりも鼻をつくのは、糞と餌が混じり合った魚が腐ったような異様な臭いで、始終辺り一面に立ち込めて息さえつけない有様だった。

腐臭は千代の体の芯まで染みついた。千代も気にして風呂に入るたびに、石鹸でごしごし洗うのだが、一向に消えなかった。臭いの執念を恐ろしいと知ったのは、それが初めてだった。

また冬ともなれば、うずらの棚小屋はスチームが通って温かかったが、仕事場は凍り付くように冷たかった。幾重にも積み重ねられた餌をこねるアルミの容器を、水浸しになって洗う千代の手にはあかぎれができて、見るのも痛々しかった。

寝る前に、千代はあかぎれの手当をするのが日課だった。こげ茶色の膏薬を乗せ、そこに、赤く熱した火箸を押し当て、ジューという音をたてながらその口を焼き切った。

それでも水仕事につかりきりの毎日なので、あかぎれは一向に治らなかった。傷みを押して残滓のこびり付いた容器を水洗いしている千代の後ろ姿を見ていると、圭太はたまらない気持ちになるのだった。

圭太は一人だけ先に帰ってもつまらないので、うずら屋を覗いたついでに、千代と連れだって帰る日が多くなった。うずらの糞を干してあるむしろを畳み、倉庫に収めると千代の仕事は終わりだ。

「母ちゃん！」

糞の粉を頭から引っかぶりながら、むしろを畳んでいる千代の傍に駆け寄った。

「ちゃんと、勉強したと？」

「うん。今日は先生にほめられたとよ」

「ふうーん、そうか。母ちゃん、お前のために一生懸命働いとるき。お前も頑張らにゃね。そんで何でほめられたとよ？」

圭太は答えに詰まった。学校ではほめられるどころか、転入生の存在に無関心な先生や不慣れからくる圭太の無作法に神経をとがらせる先生、無口で要領が悪い圭太を仲間として認めてもらえそうにない学級の空気に、圭太は自分の存在さえ失いかけていたのだ。

ある日、圭太は授業に欠かせない教科書を忘れてしまった。だれかに借りようと頭を巡らせているうちに、ふっと隣の学級のある女の子の姿が頭をよぎった。その子は天然の縮れ毛が目の上までかぶさって、いつもうつむき加減に歩いていた。圭太が転校生であることを知ってか、学校の習慣やルールなどを親切にさりげなく教えてくれると、すっと離れてどこかへ姿を消した。その子のはにかみ屋なところが自分に似ているような気がして圭太は親近感を持っていた。

早速、隣の教室を覗くと、昼休みと言うのに、彼女はたった一人教室に居残って、読書に夢中だった。ほかにはだれもいないのでほっとして、彼女に近づいた。人の気配にびっくりして、彼女は目を上げた。

「国語の教科書、忘れてしまって……」

その一言で、すべてを悟ったように、彼女はカバンの中をごそごそかき回し、すっと、教科書を圭太に押し付けた。そして、早く出て行ってと言わんばかりに目を教室の出入り口にそよがせると、すぐ、読みかけの文庫本に目を移した。

そのとき、他教室への入室禁止という学校のルールを知らなかった圭太は、彼女のつっけんどんな態度にびっくりしたが、教科書が手に入ったのでひとまず安心した。

何とか授業を乗り切り、放課後、彼女に教科書を返しに行くと、すでに帰りの会が終わっているはずなのに、隣の教室は全員が席についてシーンと静まりかえつていた。何事かとこっそり耳を立てると、どうやら何かが紛失して、その真相を探り合っている最中のようだった。圭太は真っ青になった。もしかしたら昼休み、圭太が教室に入ったことも、話題になっているかもしれないのだ。そのとき、圭太の背中で「ちょっと、職員室へ来い」と、担任の森先生の声がした。

首を絞められたような恐怖が、圭太の胸を走った。森先生は隣の教室で何が起こっているか知っているのか。昼休みに隣の教室へ入ったことは事実だが、それ以上、圭太は何もしていない。敷居が高く近寄りがたい職員室だが、おずおずと足を進めると、「こっちだ」と、森先生が職員室の奥の方から手招きした。

先生の声に引かれて職員室の後方に仕切られた俄か作りの空間に足を入れると、そこには隣の学級の彼女がすでにいた。

「実はな、彼女がどうしても聞いてほしいことがあるって相談に来たんだ」

先生は続けた。昼休みに教室に戻ったある生徒が、カバンの中に入れてあったゲームがなくなったと言い出した。帰りの会でそのことが話題になり、昼休みに一人で教室に居残りしていた彼女は、自分が疑われそうでいたたまれず、職員室に飛び込んできたという。

「しかし、実際は君も昼休み、彼女の教室に入ったんだよな」

先生が圭太に念を押すのを見て、「ごめんなさい。君のこと黙っていようと思ったんだけど、苦しくって」と彼女が口を差し挟んだ。

圭太が昼休みに教科書を借りに教室に来たことを、みんなの前で正直に明かすべきかどうか迷って森先生に相談に来たと、彼女は圭太に白状した。

「自分の方こそごめん。僕のせいで君一人がそんなつらい思いをしていたなんて……」

圭太も彼女に謝った。

そのことをみんなの前で明らかにしたところで、問題の解決にはならない。その前に実際にゲームがいつどこでなくなったかの真相解明が先だ。そのためにはまず、申し出た本人に確かめてみる必要がある。だから君たちだけで心配することじゃないと先生は言った

先生にそう言われても、昼休みにゲームがなくなったことについて、今も学級では探り合いの真っ最中のはず。彼女も圭太も気が気ではないのだ。二人が子供らしい会話さえ失って、押し黙っているのを心配して、

「今から教室に行って、ほんとに昼休み中にゲームがなくなったのかどうか、本人からも事情を聞いてみよう。昼休みに教室にいたのが二人だったことはその後の話だ」

と言うと、先生はすぐその場を後にした

森先生が隣の教室を覗くと、教室はがらんと静まり返って、生徒たちの姿はなく、担任の教師が独り事務机に向かっていた。

担任の話によるとこうだ。ゲームが昼休み中になくなったと申し出た生徒は、ゲームは持ち込み禁止のルールを知りながら、こっそり持ってきた。だが、昼休みに教室に戻って初めてカバンに隠してあったゲームがないのに気づいた。放課後、みんなを教室に残して真相を探っている最中、担任が携帯で親に連絡して確かめたところ、親が気を利かせて、その子が家を出るときにカバンの中からルール違反のゲームを抜き取ったというのだ。

職員室の片隅で、先生が戻ってくるのをどきどきしながら待っていた二人の前に森先生が姿を現した。真相を告げる先生の前で、二人は顔を見合わせて口元を緩めた。

「だがな。圭太、お前は二つの誤りをおかしたんだぞ。教科書を忘れたことを、教科担任に申し出ることなく、人から借りて護摩化そうとした。もう一つはよその教室に勝手に入らないというルールを破った」

そんなルールは知らなかったとは言い出せなかった。どう弁解しようと、自分の勝手のために彼女に余計な心配をさせ苦しめてしまったのは事実だ。圭太の立場を心配して森先生に相談までしてくれた彼女の優しさに救われた思いで胸が詰まった。

その一件はもちろん、学校で起こった出来事はいつも千代には伏せていた。圭太に期待をかけ圭太のためにひたすら身を粉にして働いている千代に、余計な心配をかけて悲しませるようなことはしたくなかった。

「ううう一ん。帰ってからのお楽しみ」

千代の質問に答えられず、圭太は苦し紛れにそう言った。

「そうか。そんなら帰ってから聞かせてもらうき。ああ、そうじゃ、今日は久しぶりにステーキでも食いに行くと？」

「無理せんでいいとよ」

「いんや、母ちゃんいつも忙しかったきに、お前の誕生祝いもしてやれんかったやろ。今日はいいとよ。もうすぐ仕事終わるき、ちょっと待っとって」

むしろを畳み終わると、千代は奥の更衣室に駆けて行った。

翌日、鬼熊と生徒たちから怖がられている生徒指導の大熊先生から呼び出しがあった。

「おい、松木！　お前、昨日学校帰りにどこに寄った？」

「昨日ですか」

「そうだ、昨日だ」

　圭太は母親が働いているうずら屋とは言い出せず、黙り込んだ。

「黙っていちゃ、分からん」

「は、は、はい、母の仕事場です」

「何？　お前のおっかさんは、夜の街で働いておるのか」

「いえ、違います」

　昨夜は千代とステーキを食べた後、遅ればせながら、誕生祝いにセーターを買ってもらい、その足で喫茶店に寄った。もう夜の八時を過ぎていただろうか。しゃれたカウンターでコーヒーをするなんて、生まれて初めてのことだった。圭太の肩ほどしかない小柄な千代と一緒に腰かけていると、まるで仲のいい姉弟みたいで、誇らしい気分だった。あの喫茶店でだれかに見られたのだろうか。

「もう一度聞く。昨日カバンを持ったままどこに行った？」

「はい。母の仕事場です。それから母と一緒にステーキを食べに街に出ました」

「本当に、おっかさんと一緒だったんだな」

「はい」

「誤魔化しても、分かるぞ」

「いいえ、間違いありません。母に聞いてもらってもいいです」

「おっかさんと一緒ならやむを得ないが、学校帰りに、夜の街をほっつき歩くのは好ましくない。おっかさんにもよく伝えとけ」

　軽率な行為は禁物と言わんばかりに、先生は眉をひそめ冷たい視線を圭太に向けた。一方的に決めつける厳しい態度の先生に頭を下げたものの、圭太の胸中は穏やかでなかった。

　圭太を喜ばせてやろうと、思い切って特上のステーキを注文してくれた千代の優しさが、無残に踏みにじられたように思われて、悔し涙がどっと溢れてきた。

「もういい、帰れ」

　くるりと回転椅子をひねると、先生は背を向け、圭太を遠ざけた。

　校門を出るまで涙を見られないように、できるだけ顔を伏せ、薄目だけ開けて歩いた。学校で涙を流したのは初めてだった。自分だけならまだしも、千代のことまで詰られたのだ。これほどの屈辱はない。寸暇を惜しんで働く千代の背中が思い出された。いつだって自分のために体を張って働いてくれているのだ。

一旦は止まりかけていた悔し涙が、再び溢れそうになるのをグッと抑えて、石けりに夢中になっていると、後ろから大きな声がした。

「オイ、危ないぞ」

「あっ、先生！」

仮転入の手続きをしてくれた神山先生だ。先生が圭太たちの学年主任の先生であることを知ったのは、転入してから間もないころだった。圭太は一度も先生の授業を受けたことがないが、理科が専門の先生だ。

「どうだ、もう学校に慣れたか？」

あのときと変わらず親しげに話しかけてきた。

「はいー……、何とか」

大熊先生に呼び出されたことは横に置いて、何となく親しみを覚える神山先生には明るく答えた。

「勉強の方はどうだ？」

度の強いメガネの奥から、覗き込むように、圭太の顔をまじまじと見詰めた。

「勉強の方はどうも……。けど、音楽だけは大好きです」

「ほう、そうか。で、どんな音楽かな？」

「はい、流行の歌でなくって、世界の民謡、例えばロシア民謡の『黒い瞳』なんかです」

「そうか、あれはいい歌だな。で、どうしてそんな歌を知ってるんだい？」

「はい、父がよくピアノを弾きながら歌ってくれたんで、自然に旋律を覚えたんです」

「そうか、君は幸せだなあ。いいお父さんをもって」

先生は圭太に父親がいないことを知らない様子だ。他人の不幸を覗き込む風潮が強い世の中で、先生は例外なのかもしれなかった。

父の話が出たところで、急に浩三と別れる羽目になった日のことを思い出した。

あの日浩三はピアノに向かっていた。何だか「ボルガの舟唄」に似た曲を弾いていた。

「お父さん、『ボルガの舟唄』かな？　ちょっと旋律が違うようだけど……」

浩三は圭太が傍にいるのに気が付かないのか、知らんぷりだ。

「お父さん、歌ってもいい?」

何度話しかけても、男にしては華奢で細長い指を、鍵盤の上に走らせるばかりで、頭を振ってくれそうにもない。

「お父さん、僕、歌うよ」

圭太は勝手に歌い始めた。

「えーこーら、えーこーら　もうひとつ……」

曲がピタッと止まった。

「うるさーい!　歌うな!」

と言うと同時に、鍵盤が壊れるような音がした。

圭太はギョっとして浩三の顔を見た。口元をゆがめ、血走った眼で圭太をにらみ付けている。たとえようのない形相だった。

「ごめんなさーい!」

「うるさーい!　お前なんか死ねー!」

と言ったかと思うと、居間から飛び出し、どこからか包丁を持ち出して来て、圭太の前に仁王立ちになった。

もう逃げるほかなかった。ちょろちょろ逃げ回る圭太にかわされ、浩三は何度も転んだ。転ぶたびに、動作が緩慢になり、とうとう畳の上に包丁を投げ出し、うずくまってしまった。買い物から帰ってきた千代が、事の真相を知って泣き出したのを覚えている。

「先生、僕には父がいないんです」

「いないって?」

「はい、事情があっていないんです」

「そうか、君も苦労しているんだなあ」

独り言のようにつぶやくと、先生は西の空に落ちていく夕日を眺めながら、ふっと寂しそうに眼を細めた。

「実はな、先生も十五歳のとき、親父に死なれて、その後は昼働き夜間の学校で勉強しながら、四人の兄弟の面倒をみてきたんだ」

しみじみと語る先生の言葉には、不思議に暗さがなかった。

「当時は近所の子どもたちが遊んでいるのを見ても、うらやましいなんて思わなかった。もう弟たちに食わせてやるだけで、精一杯だったからな。苦しかったが、一度として負けそうになったことはないなあ。君も頑張るんだぞ」

父がいない理由には一言も触れず、励ましてくれる先生の優しさが身に染みた。

先生と肩を並べて歩いていると、幼いころ肩車をしてもらった浩三と一緒にいるようで、圭太は晴れがましい気分になった。冬枯れの梢を揺らす冷たく乾いた風の音も、何とはなしに穏やかに聞こえた。

表通りに差し掛かるころより、点在する家々の窓辺に明かりがともり、一日の終わりを告げる薄紅の夕日も、すっかり西の空に沈んでいた。

「いつか、先生の家に遊びに来いよ。飛び切り上等なレコードを聴かせてやるぞ」

コートの襟を立て、猫背の長身を素早く翻すと、先生は駅に通じる路地裏の向こうに消えて行った。

突然、圭太の前に現れて、今日一日の印象を塗り替えてくれた先生の言葉を一つ一つかみしめていると、体がジーンと熱くなった。

「よ～し、いつかきっと先生の家に行くぞー」

暗さを増した闇の中に、吸い込まれるように疾走する先生を乗せた電車を見送ると、圭太は草深い町外れの農道を駆け抜けた。

冬から春へと季節は巡り、薫風漂う五月の連休を迎え、ひと息ついたところへ先生から「来いよ。待ってるぞ」との電話があった。先生は圭太との約束を忘れていなかったのだ。半年待った甲斐があった。圭太はもううれしくてならず、いてもたってもいられなかった。

「車にはくれぐれも気をつけてな」

道中のことまで気遣う先生の言葉に押されて、圭太は早速、千代に置手紙を残し、電車賃だけポケットに忍ばせて電車に飛び乗った。

柔らかい日差しに映えて、ミチヤナギやギシギシが南向きの土手をぎっしり埋めつくしていた。教えてもらった道順に沿って県道を左に折れると、行く手にトンネルが見えてきた。トンネルのすぐ向こうだという先生の言葉を頼りに歩いてきたが、よく見るともう一つ別のトンネルが暗い祠を見せていた。どうしたものかと迷って立ち止まっているところへ、後ろから大きな声が飛んできた。

「そんなところで何してるんだ。車に轢かれるぞ」

ガタガタの自転車に乗った神山先生が、圭太のすぐ傍まで寄って来て止まった。

「あんまり遅いんで迎えに来たんだ」

「すみません。早く着きそうだったんで、手前の駅で降りて、そこから歩いて……」

「ええっ？　一つ手前の駅から？　それにしてもよくまあ、八キロも歩いて来たもんだなあ。君は長生きするぞ。さあ、いいから後ろに乗れ」

自転車の二人乗りは禁止されているのに構わず、圭太を荷台に乗せると走り出した。先生の家は、右手のトンネルを超えるとすぐだった。

丘の斜面に建っている北欧風の二階屋は、圭太のオンボロ長屋と違って上品で趣があった。赤い屋根に白壁の家を囲むように広がった庭には、一家の平和を象徴するように、ツツジやシャクナゲが目映いばかりの紅色に染まり、萌黄色と濃緑に包まれた様々な庭木の群れに、圭太はすっかり目を奪われた。

先生の家には小学校四年生の男の子がいた。その子は圭太には目もくれず、居間のソファーに寝そべって、流行のゲームをやるのではなく、ステレオを聴いていた。どういう曲なのかてんで見当もつかなかった。どうやらあちらのものらしい。

「いい曲だろう。彼が大好きで、君にも一度聴かせたいと思ってたんだ」

ボリュームを一段上げると、先生は両足を抱えるようにして、絨毯の上に座り込んだ。

「オーマリヤーナ」は、圭太には聴き慣れない曲だったが、耳を澄ませているうちに、何かしら妙に熱い感覚が腹の底で騒ぎ出した。若さと熱気と哀愁がほどよく混じり合ったダイナミックなリズムにいつしか陶酔を覚え、終わるのも気づかず聴き入っていた。

「どうだ、気に入ったか?」

先生の声で、圭太はやっとわれに返った。

「は、はい。とっても」

「次はこれだ」

遠いアフリカの赤く焼けつくような太陽のきらめきを思わせるカラッとして優しい曲だった。

「恋のマライカ」の大陸的な美しいハーモニーは、頭の隅から隅まで溶けて流れた。

最後は趣ががらっと変わって、ベートーベン第九第三楽章だった。重厚で荘厳な響きの中に、人間が生きて苦しむ実感がこもっていた。ベートーベンは音楽家にとって致命的な耳の病気を患ったが、めげずに死に物狂いで作曲を続け、数々の傑作を残したと先生から聞かされた。

次から次へと伝わってくる目も覚めるような音の大合唱に、時の経つのも忘れていた。

先生に見送られ、電車に乗ってからも、初めて聴いた名曲のメロディーが頭から離れなかった。どれもこれも音楽の時間には聴かせてもらったことがない曲ばかりだった。もう一度、いや頭がしびれるまで、一度と言わず何回も聴いてみたかった。

黒々とした夜の樹海の中から漏れて来る星のような家々の灯を、電車の窓越しに見送りながら、ふと、先生の傍に寄り添って、無心に音楽を聴いていた男の子のことがうらやましく思われて、圭太はちょっぴり惨めな気分になった。

先生の家を訪ねてから、二か月ほどが過ぎた。窓を開けると、初夏の爽やかな緑風が辺り一帯に溢れ、体中を心地よい風が吹き抜ける季節がやってきた。

星華台中学校では、一年生にとって最高に思い出深い行事である、林間学習の準備が始まった。マンモス校ゆえ、一学年は八学級もあった。だから前半と後半の二つのグループに分かれて実施されることになった。圭太の学級は後半のグループだった。

「やったー!」

引率に当たる先生の担当表を見て、圭太は思わず飛び上がった。二重メガネの奥から、いつも優しい笑みを投げかけてくれる神山先生が後半グループのチーフなのだ。

先生とはあれ以来すっかり馴染みになった。先生はいつも理科準備室にいた。余程読書が好きなのだろう。猫背をますます曲げて、本をメガネに引っ付け貪るように読みふけっている姿を何度見かけたことだろう。

外から一枚ガラスをたたいて呼びかけてみても、一向に気づかず、がっかりさせられることも度々だったが、視線が合ったときには、

「よう、頑張っとるか」

と、励ましの言葉を掛けてくれた。

先生の気さくな人柄につられて理科室に立ち寄ったついでに、圭太は授業でつかみそこねた要点を恥を忍んで教えてもらった。先生の説明は丁寧で分かりやすかった。先生は知識だけでなく人間としての生き方や物事の見方考え方などを、偉人の伝説や自分の生い立ちなどを引き合いに圭太に語って聞かせた。

先生のお陰で、生きることに少しだけ自信を取り戻した圭太は、勇気をもって生活体験発表会の学級代表に立候補した。他に名乗りを上げる者がなく、静まり返った重くるしい教室の空

気を何とか破りたいという思いからだった。

国語の読みは苦手だが、作文は得意だった。演題は「転校の事情」。気取ることなく真実を語り、友達をつくれないもどかしさ苦しみを正直に訴えた。入賞は逃したが、転校生に対する周りの目が、少しずつ変化していくのを感じるようになった。

口下手でどこかおどおどとして自信のなさそうな圭太を見て、「田舎っぺ」と蔑むような眼でじろじろ眺め回していた気取り屋の女の子たちや、アクセントをめぐって先生からたしなめられ、頭を垂れてたじろぐ圭太のことを「とんま」とはやし立て悦に入っていたやんちゃな男の子たちが一歩引いて、圭太に一目置くそぶりを見せるようになった。

「すごいなあ。君の勇気を僕も見習いたいよ」

と、普段のやんちゃぶりをかなぐり捨てて、圭太に声をかけてくる子もいた。実は親友ができないことにその子も悩んでいたのだ。

「圭太、大変だったんだね」と、気取った態度を改め、優しい女心をのぞかせる子もいた。

いつも給食の片づけを圭太に押し付け、逃げ回っていたさぼり屋も、きまり悪そうに圭太の手から食かんを取り上げ、自分でやるようになった。呼び方までが「松木」から「松木君」に変わった。君付けされて、圭太はこそばゆいような照れくさいような妙な気分になったが、悪い気はしなかった。

あまり学校のことを話したがらなかった圭太が、最近になって急に学校や友達のことを話題にし、目を輝かせておしゃべりに夢中になるのがうれしくて、千代はそっと微笑んだ。

「そんでな。今度の林間学習では、神山先生の後押しもあって、みんなの推薦でエールマスターの役に選ばれたとよ」

「そんエールマスターいうの、何のこつ?」

「ああ、そいはな、夜のキャンプファイヤーで、歌ったり踊ったり出し物をやったりするんやけど、その司会をやるとよ」

「へぇー、お前、そんなこつ、できるとね?」

「うん、神山先生がお手本を見せてくれるんで、何とかできそうなんや。推してくれたみんなのためにも命張って頑張るとよ」

「命やなんて……、そんな言葉だれに教えてもろうたとね?」

「先生や。先生はな、やり出したらとことんやれ。男は体張ってたくましゅう生きにゃならんち、口癖のように言うとるとよ」

リンゴをかじりながら、あっけらかんと言ってのける圭太を見ていると、千代は吹き出しそうになるのを抑えなくてはならなかった。

流れ者の母子家族に涙の一つこぼすことさえ稀な異郷にあって、圭太に目をかけ、ここまで成長させてくれる教師に出会えるとは。不運が続くばかりが世の中ではない。人の世の情けを千代はしみじみと思った。

「先生のおっしゃる通りや。先生やみんなの期待を裏切らんように、しっかりやるとよ」

「何や、母ちゃん、泣いとると？　先生が言うとったとよ。涙は親が死んだときに流すもんやて」

思わず涙ぐんでしまった千代の顔を覗き込み、圭太は生意気な口をたたいた。

「そうや、泣いたらあかんとね。母ちゃん、涙もろいき、つい……」

そんな会話が弾む毎日だった。

戸外では、ミンミン蝉の鳴き声が緑の森を賑わせる夏本番を迎えていた。焼けつくような眩しい太陽が、容赦なく背中に振り注ぎ、毛穴から大粒の汗が噴き出してくる。

学校では林間学習の準備が、着々と進められていた。全体集会では集合の訓練や歌の練習などが繰り返され、土曜日の午後は休み返上で、飯盒炊爨の実習や買い出しに追われた。

「何でこんな面倒くせーこと……」

と、投げやりな態度を示す子らもいた。だが、学級代表の実行委員たちは、水を差すどんな白けムードも押し返し、大きな柱を立ててくれた先生方の期待に応えて奔走した。圭太はその先頭に立った。先生や実行委員らの意気込みは、徐々にではあったが、生徒らの心にも伝わっていった。

ファイヤーの歌の選曲については、実行委員会でも難航し、先生方の協議にゆだねた。

「相当もめたが、ほれ、あれに決まったぞ」

神山先生の報告によると、いつか先生の家で聴いた「オーマリヤーナ」、「恋のマライカ」「シャローム」などだった。

あれならきっと受けるぞ。圭太はそう確信した。生徒の間では今流行のＪポップやラップを推す声もあったが、これらの曲を実際に聴いたら、考えも変わるに違いない。

手始めに昼の放送で流した。残念ながら不評だった。実行委員会は懲りずに各学級にＣＤを用意し、休み時間、昼の放課などを利用して、ＰＲに全力を尽くした。

反響があった。廊下の隅からぼつぼつと歌声が涌き上がり始めた。ほんの一部だが、輪になって歌いながら体を揺らし合うグループも現れた。

「少しは何とかなりそうです。でも、まだ、そんな歌くそ面白くもねーって声も」

圭太はまず、チーフの神山先生に報告した。

「そうか、ちょっと難しいんで、心配しとったが……。ラップやJポップに慣らされていちゃ、そうかもしれんな。だがな、こういう歌もあるってことを、ハートに訴えることも大事なんだ。そのうち彼らにも分かってもらえるようになるさ。気を落とすな」

先生のアドバイスに応えて、なおもPRを続けた。女の子たちへの浸透は早く、歌詞を見なくともスラスラと歌った。乗ってこないのは、もともと音楽が苦手で、歌なんかどうでもと決めてかかっている男の子たちだった。

圭太らの役目は、歌が嫌いな子たちでさえ、めらめらと燃え上がるファイヤーの前で、いつしかわれを忘れ、歌声に夢中になる非日常を演出することだった。そのためには、一人残らず共感できるところまで道筋をつけなくてはならなかった。

炎暑はいよいよ厳しく、グラウンドの照り返しは赤茶けた砂土をさらい、準備に余念のない圭太らの肉体を容赦なく焦がした。圭太らファイヤー班は、神山先生と放送器具の点検整備に当たっていた。

従来の貧弱な放送器具では音量に乏しく、広いファイヤー会場では全く役立たず。せっかくのファイヤーも盛り上がりそうにない。だから自動車のバッテリーを持ち込んで、大きな音量を得ようというのだった。神山先生の閃きはいちいち理に適っていた。実験してみると、なるほど、数倍の音量が得られた。

神山先生はそれからもランニングシャツ一枚になって、たらたら流れる汗を首に巻き付けたタオルでぬぐいながら、プレーヤーをひねり回したりバッテリーの位置を調節したりし続けた。

「もっとマイクに近づいてしゃべってみろ」

先生は圭太に向かって怒鳴りつけた。

何事かと、校舎の窓やベランダからグラウンドの様子を観察している先生方や生徒たちの手前、恥ずかしくて思うようにしゃべれなかった。またマイクとの距離の取り方に不慣れなため、近すぎたり遠すぎたりして調節がうまく行かず、何度も先生の注意が飛んできた。

先生に爆弾を落とされながら、無我夢中でマイクにしがみつき、暗記したセリフを何回も繰り返した。

「それでよし。その位置をよーく覚えておくんだぞー」

何事にも凝り性で完璧を要求する先生にＯＫをもらうのは並大抵ではない。やっとのことで放免されたときには、喉はカラカラ、下着の芯まで汗が染みとおって、思わず人目のないところでパンツを振るい、汗を大地にまき散らした。

「とんまな田舎っぺ」からエールマスターへの道のりは遠かったが、走り甲斐があるものだった。一人では迎えることができなかったはずの今日のこの日……。

広場では、猛々しさも薄らぎ円熟味を増した炎が、めらめらと音をたてながら、薪の間をくぐり抜け、遠い宇宙の彼方に微笑みかけていた。見物人の中から、昇天する炎をたたえる二拍子のリズムが聞こえてくる。踊りの群れはいつしか峠を越え、なだらかな動きに変わっていた。

圭太はステージに戻り、さりげなくフォークダンスの終了を告げた。

「名残は尽きませんが、プログラムも終わりに近づいて来ました。みんなの力で迎えた今日の一日の集いが、生まれ落ちたその日から、心の奥深く眠り続けていた人間の魂を呼び起こし、これからの私たちの人生を大きく変えてくれることを祈りつつ……」

　ここで手を合わせ一息ついて、続けた。

「命がけで生きることのいかに美しいことか、この祭典をより良いものにするために流した汗水のいかに尊いことかを思い、みんなで『今日の日はさようなら』を歌いましょう」

　歌声にあおられて、次第に小さくなっていく炎が名残惜しく、最後の一節「まーたー、会ーうー日までー」が終わると、一斉に別れの拍手が起こった。遠く近く揺れながら、一定のリズムに乗った連帯の拍手が聞こえる。圭太の体内には名付けようのない感情があり、それは頭の芯までしびれさせた。

　拍手は間もなく止み、虫の音一つしない暗闇の底から、ベートーベンの第九が静かに流れ出した。手に手にろうそくを持った一群がゆっくりと動き始めた。白くたなびく煙のように、美しい曲線を描いて、テントに向かうかがり火の行列。

「よくやった」

　ほんの一言口にすると、神山先生はがっちりとした腕を圭太の肩に回した。温かくて重い先生の腕の中で、圭太は久々に父のにおいを嗅いだ。

かげぼうし黒太夏を行く

真夏の太陽が、都会のコンクリートの歩道をじりじりと照り付けていた。雨が降らないので、空気はカラカラだ。通りには銀行や証券会社のビルがひしめき合い、先を急ぐ人々はあまりの暑さに、ぐったりしている。

今年は去年と違って曇りや雨の日がほとんどない。太陽が隠れると、かげぼうし黒太たちの出番はなくなる。ただの晴天ではなく、今年のようにカラッと乾いて暑い季節が、黒太らかげぼうしにとって一番のかせぎどきなのだ。

黒太には仲間がたくさんいた。みんな人という人にピッタリくっ付いて、どこまでも付いていく。振り払われ追い払われても、決してめげない。

大都会の通りは、仲間のたまり場だ。どこからあふれてくるのか、アリの行列のように人込みができる。人込みのあるところには、必ず仲間がいた。

朝早い時間でも、会社に行く途中のサラリーマンが足早に歩道を駆け抜ける。空を覆う緑のトンネルの葉陰から、金色の木洩れ日が歩道を行くサラリーマンの背中に注ぐ。

青々と大空に伸びる緑の街路樹が切れる場所に差し掛かったときが、仲間たちにとっては絶好のチャンスだ。仲間たちは、かっと照り付ける太陽にさらされた人々の足下にしっかりへばり付く。左右に振る手の動きに合わせて、仲間たちもそっくりまねて同じように手を振り、足を進める。

仲間たちは人々が木陰を求めて一層足を速めるのを、決して邪魔せず、おとなしく付いていく。もっとも一日中、人の後に付いて回ったのでは身が持たないから、木陰は仲間たちにとっても、しばしの休憩場所になるのだ。

黒太はさっきからネイビーブルーのパンツスーツ姿の、一人のおばさんの後にくっ付いていた。ときどきサングラスの端をそっと持ち上げ、さらっとなめらかな長い髪をかき上げながら、朝の輝く光の中を大股でさっそうと歩くおばさんは、若さがみなぎっていた。

目じりの細かいしわやあごのたるみ具合からすると、実際は四十歳ぐらいだろう。年齢の割にはキュートなおばさんを目ざとく見つけたかげぼうし黒太は早速、そのおばさんに張り付いた。

とはいえ、おばさんは一人で歩いているわけではなかった。八十歳くらいのおばあちゃん、そしておばさんよりは少し若く見える丸顔のおばさんが一緒だ。話している内容によると、三人連れのおばさんたちはどうも母娘《おやこ》らしい。

おばあちゃんも黒太が張り付いたパンツスーツの娘に負けないくらいおしゃれで、大きなひまわり模様のパンツルックにレースの日傘を差している。また、ショートカットのかつらも、なかなかお似合いだ。

少し若く見えたおばさんの方が母親にそっくりで、黒太が張り付いているおばさんの妹に思えたが、妹ではなく、実はお姉さんだった。それも姉妹のちょっとした会話で分かった。そのお姉さんは頭にレースの縁取りのある花柄のスカーフを巻き、オレンジ色のサマーセーターにえんじ色のスカートを夏の風になびかせていた。同じおしゃれでも、姉妹ではまったく好みや着こなしが違っていた。

母娘はお盆の休暇に、都会の空気を吸ってリフレッシュする旅の途中のようだ。そして、旅の三日目の早朝、ホテルを出て、どうやら『博多織会館』に向かっているらしい。

「タクシーで行こうか?」

がに股歩きで足が遅いお母さんの方を振り返って、妹が言った。

すると、お母さんが返事をする前に、お姉さんが、

「今日はまだ朝早くて、足も疲れていないから歩こうよ。ここから、そう遠くないんでしょ?」

と、黒太が張り付いている妹に確認した。

「ううーん。まあね」

遅れないように、妹の足元にへばりついていた黒太は、気のない返事をする妹の気持ちが分かるような気がした。

母娘は、慌ただしいお盆の行事に追われて、息つく暇もないうちに旅に出て、今日で三日目。かなり疲れているはずだ。たとえ朝の元気がいいうちといっても、疲れた足が昨日の夜、一晩寝ただけで、すっかり回復しているとは思えなかった。とりわけ、年老いたお母さんの体力を考えると、妹は心配でならなかった。

黒太にとっては三人にタクシーに乗られでもしたら、それこそ商売は上がったりだ。でも妹

の気持ちは痛いほど分かった。

実は昨日も、黒太はこの母娘の後を付けていた。といっても、お母さんとお姉さんはピタッと、くっ付いて、二人で一本の日傘を差していた。その相合傘に黒太が張り付く隙はなかった。その一方で、妹は強い日差しに構うことなく、帽子もかぶらず、顔や腕を出し、堂々と大股で通りを歩いていた。ただお母さんのことが気がかりなようで、しょっちゅう振り返っては、何度も「大丈夫?」と声をかけていた。

昨日のコースは、こうだった。

ホテルを出て、まず向かったのは海の中道だった。JRで博多から志賀島に続く海の中道まで行き、『マリンワールド』で水族館とイルカショーを見た。その後、高速フェリーでシーサイドももち海浜公園に渡り、国宝の金印が展示されている博物館に寄った。それから、天神のデパートでショッピングと、盛りだくさんのハードスケジュールだった。

母娘三人の中では一番若い妹も、次から次へと観光地を巡り、さすがに足が疲れたらしい。ホテルで一晩休養を取ったといっても、そうそう簡単には足の痛みは回復できなかった。

それでも自分は何とかなる。散策しながら珍しい風物に触れ、旅の感動を実感しているうちに、疲れを吹っ飛ばすこともできる。でもお母さんは……どうだろう。複雑な気持ちから、足がにぶりがちになった。ふと、お母さんの額の汗と、がに股歩きの足が目に付いた。

「足、痛いじゃろう?」

「母ちゃんは大丈夫よ」

お母さんは大正生まれのしっかり者だ。それにせっかく娘たちに旅行に連れてきてもらったのに、迷惑はかけられないという意地があって、ちょっとやそっとでは弱音を吐かず、一生懸命、娘たちに付いてきた。

迷った末、やはりお母さんのことが気になったようで、妹の提案でタクシーに乗ることになった。かげぼうしの黒太は体をたたむ用意をした。そのままタクシーに乗ってしまうと、妹の大きなおしりの下敷きになってしまいそうだったからだ。

タクシーに行き先を告げたが、困ったことになった。運転手が『博多織会館』など知らないと言う。駐車していた三台の、どのタクシーの運転手も答えはみんな同じだった。

『博多織会館』の場所を知っているタクシーが見つかるまで粘ればよかったものを、博多の街のど真ん中でタクシーの運転手をしながら、『博多織会館』の場所も知らないなんて、と妹が怒ってしまい、タクシーに乗るのは辞めて歩くことになった。そのとき、妹はお母さんの強がりが限界に近付いていたことに気づいていなかった。

黒太も慌てて、たたみかけた体を元に戻し、妹の足下に張り付きなおした。日が高くなり、暑さも一段と増していた。博多織会館に続く道には、街路樹が一本もなく、建物の影もあまり伸びてない。だから日差しを避けて歩くことは難しかった。母娘には悪いが、かげぼうしの黒太たちにとっては、一番元気が出てくる絶好のシチュエーションだった。

先頭を行くのは、開き直って足早に歩く妹。日傘もささず、帽子もかぶっていないその姿と黒太のシルエットがすっかり重なって、まるで双子のきょうだいのようだ。

お母さんとお姉さんは日傘にすっぽり収まって、黒太の少し後から付いてきた。もちろん、三人の母娘は黒太の存在はもちろん、黒太が一生懸命、『暑いけど、頑張れ頑張れ』とエールを送っていることにも、まったく気づいていない。

順調に博多織会館に向かっている途中で、お姉さんはサマージャンボ宝くじ売り場で立ち止まり、そのまま列に加わった。妹は宝くじにはまるで興味がないようで、信号機の前で、

「お母さん、早く行こう」

と、手招きした。

お母さんはお姉さんと一緒に宝くじ売り場に並んでいたが、日傘からはみ出てしまっていた。暑い上に、足が疲れているはずのお母さんを、太陽の下に、長く立たせておくよりは、一刻も早くクーラーの効いた博多織会館に着いて、そこでゆっくり休ませてあげようと考えたからだ。

二人が信号を渡りきると、道は二手に分かれていた。右の道を進んだところで、宝くじを買い終えたお姉さんが、信号の前に立ち、渡れるチャンスをうかがっている姿が見えた。

妹は、信号が青になるのをじれったそうに待つお姉さんと視線が合った。二人は十メートルくらい離れていた。だから、道が二つに分かれるところで、自分たちが右の道に曲がったことにお姉さんが気付いたものとばかり思い込んでお母さんと先を急いだ。でも、お姉さんは、通りを一ブロック超えても姿を現さなかった。

「姉ちゃんを待とう。待たんといかんで」

後ろを振り向いても止まることなく先を行く妹に、黒太のシルエットを追いかけるように付いて来るお母さんは不満そうだった。

「きっと、左の道を歩いているのよ。左右の道が合流したところが、ちょうど博多織会館だから大丈夫よ」

お母さんをなだめすかしながら、四ブロックも歩き通したところで、やっとガイドブックに載っている場所に到着した。

入り口は反対側だというので、重い足を引きずって巨大なビルをグルっとひと回り。やっと玄関にたどり着いたと思ったら、コンクリートの壁に小さく『博多織会館』と掘り込まれた看板が見えた。ただ、その看板は名ばかりで、中はある専門学校の校舎として使われていることを、後で知った。タクシーの運転手たちが知らないのは無理もなかった。

苦労してやっと辿り着いたのに、想像していた場所と違っていたことを表すような、心許ない小さな看板を前に、妹は苛立っていた。

お母さんもお姉さんの姿が一向に見えないのが気になって仕方ないらしく、しきりに、

「姉ちゃんはどうしたん？　まだ来ないが。だから言わんこつじゃねぇ。待ってあげればよかったんよ」

と、こぼした。

うだるような暑さの中で、重くなった足を引きずりながら、日陰になる木が一本もない都会

のコンクリートの道を、お母さんは我慢してここまで付いてきた。そのお母さんがお姉さんのことを心配してやきもきするのを、妹はもう放っておけなくなった。

お母さんを冷房の効いたロビーの長椅子に座らせると、妹は博多織会館を猛スピードで飛び出し、今来た道を引き返した。

急いで一ブロックほど戻ったところで、そこから三ブロックほど先の歩道に、見覚えのあるオレンジのサマーセーターにえんじのスカートをはいた、お姉さんの後姿を発見した。三ブロックと言えばかなりの距離だ。

妹はなりふり構わず、

「姉さーん！　姉さーん！」

と大声を張り上げながら、追いかけた。

もちろん、黒太も一緒だ。妹は運動会の徒競走のように腕を振り、太ももを直角に上げ、大股で走った。黒太も負けずに追いかけた。

距離が相当あるから、今ここでお姉さんの姿を見失いでもしたら大変なことになる。大都会の真ん中ではぐれたら、それこそ会えるチャンスはほぼないだろう。

大通りの人目も気にせず、汗をぬぐうことも忘れて、大きな声を振り絞りながら、お姉さんの後を追いかける妹の勇気に、黒太は圧倒された。

「姉さん！　姉さん！　どうしたの？　一緒に行こうよ」

やっと追いついたというのに、お姉さんはちょっと後ろを振り向いて、

「場所が分からんから……」

と言ったきり、くるりと前を向き直し、そのまま歩き出した。

「ちょっと、ちょっと、待ってよ。博多織会館はこっちで！」

妹はまた慌てて追いかけたが、まるで振り返る気のないお姉さんの行動が呑み込めず、あっけにとられて立ち尽くした。

博多織会館に行かないなら行かないで、次に落ち合う場所や時間を打ち合わせておきたかった。黒太も力になりたいと猛スピードで走ってきたが、妹の言葉を振り切るように、お姉さんはスタスタと足早に立ち去ったのだ。

そのとき、妹はお姉さんの気持ちなんて少しも分かっていなかった。

お姉さんにしてみれば、博多織会館に行くには、ガイドブックを持っている妹が唯一の頼り

だった。宝くじに興味がないにしても、ちょっとくらい待っていてくれてもよかったんじゃないの。それなのにずんずん進んで置いてきぼりにして……。私も初めは二人を追いかけたのよ。でも暑くて疲れてしまったの。

そんなお姉さんの気持ちをくみ取れず、さっさと立ち去ったお姉さんにがっかりしたが、やがて気を取り直して、妹はお母さんが待っている博多織会館に引き返すことにした。

実は黒太はこのちょっとしたいざこざの後の妹の顔色を、足下からそっとうかがっていたのだ。気持ちが収まった妹のようすにホッとして、また妹の後にくっ付いて、博多織会館まで元来た道をひた走った。

教科書にも出てくる博多織の展示場がこんなものとは、やはり信じられないというように、妹は一階のフロアーを見渡した。十六畳ほどの空間には、妹の帰りを待つお母さんがポツンと腰かけている長椅子が置かれ、エレベーターの案内板に専門学校の教室表示があるだけだった。目を凝らすと、別の場所にほんの走り書き程度に、『見学希望者は二階の事務所までお越しください』と書かれていた。

妹はお母さんに、お姉さんがもう来ないことをそっと耳打ちし、一人で博多織の様子を確かめるため、エレベーターで二階に上がった。もしかしたら博多織の見学は無理かもしれないとあきらめていた妹は、そこでさらにがっかりした。

狭い廊下には、ほこりをかぶったガラスケースがポツンと置かれ、そのケースの中には、年代物の博多織の小物が、形ばかりに陳列されていたからだった。想像していた豪華絢爛な博多織の展示風景とは似ても似つかず、見劣りするものだった。

事務所の扉を開けると、何人かの社員が何やら事務を執っていた。見学に来たことを告げると、女性の事務員は申し訳なさそうに、事務所のほんの一角に仕切られた展示場を指差した。

苦労してせっかくここまでやってきたので、一階に待たせていたお母さんを呼びに行き、一緒に見学することにした。

古びた長机で仕切られた六畳ほどの展示場の数少ない陳列品を、お母さんは気乗りしない面持ちで見学していた。その様子が気にかかったが、妹はさびれていく博多織の現実の姿を、この目でしっかり見てやろうと、気持ちを立て直した。

蚕のまゆから糸が紡がれ、シルクになる工程表を目で追いながら、やはり、博多織など絹織物産業が廃れていく現実を目の当たりにして、軽いショックを覚えた。

帰り際、ガラスで仕切られた狭い部屋の奥から織機に向かって絹布を織っている実演中の職人のおじさんが、「中に入っていらっしゃい」と、ガラス越しに手招きしてくれた。

ぜひ、機織り職人のおじさんから、伝統と歴史のある博多織についての説明を直接聞きたかった。でも殺風景な機織りの室内を、つまらなさそうにのぞいているお母さんに遠慮して、妹は見学を断わることにした。

妹のズボンのポケットに隠れていた黒太は、見学出来なかったものの、輝きを失った今も、細々と伝統が引き継がれている博多織に思いを寄せる妹の様子を見て、さすが歴史が専門の先生だと感心した。

お姉さんは、きっと木陰もなくじりじりと照り付ける日差しの中、二人を追いかけているうちに疲れてしまって、博多織を見る意欲を失ってしまったのかもしれなかった。

もし博多織会館に辿り着いていたとしても、さびれてしまった博多織には興味を示さなかったのではないかと黒太は思った。それほどに『博多織会館』そのものが色あせていたのだ。

帰りはもう、ズボンのポケットから外に出る準備を黒太はしなかった。というのは、妹が帰りは絶対にタクシーだと、心に決めているのをひしひしと感じたからだ。

タクシーにも乗らず、お姉さんと離れ離れになってしまったことを悔やみながら、やっと博多織会館に辿り着いたのに、こんなありさまなら、もう歩くのはごめんだ、とお母さんは口には出さないけれど、額に寄せたしわとこわばった目が語っていた。

妹が『博多織会館』を旅のコースに入れたのには、理由があった。あの豪華絢爛な博多織を見ることが出来たら、心の栄養になり、お母さんもきっと喜んでくれるにちがいない。そこで博多織の帯の一つでもお土産に買えたらいいなあと思っていた。妹は色とりどりの帯を想像しただけで胸がわくわくしたのだ。

妹は当然のように、タクシーを拾い、お母さんと旅の基点の駅に戻ることにした。

悪い印象と疲れだけを残したこの状態のまま、旅を終えるのはお母さんに申し訳ないと考えた妹は、駅に戻ったその足で、ベイサイドプレイスの大水槽やポートタワーの大展望台にお母さんを案内した。

ベイサイドプレイスでゆっくり昼食をとり、お土産でも買うつもりだったが、そこにはお母さんの気を引き立てるものは何もなかった。だったら、老舗のデパートが目白押しの天神辺りに行こうと思い立った。そこなら、きっとお母さんが買いたいお土産があるはずだ。

デパートに向かうタクシーの中で、ちょっとしたホットな出来事に出くわした。運転手が今日は、『岩田屋』も『ダイエー』もほかのデパートも、みんな休みだと言う。

「ええーえっー！　ほんとに？」

妹はすっとんきょうな声を上げた。

旅の最終日にふさわしい買い物にしようと、意気込んでいた矢先のことだったので、出鼻をくじかれて、妹はがっくり肩を落とした。その瞬間、いやな予感が走った。今回の母娘三人の旅は、何から何までついていない、家には無事に辿り着けるのだろうか。

素直に反応する妹に、後ろめたく思ったのか、タクシーの運転手は、

「冗談、冗談！　みんなやっとるとよ」

と、博多弁で慌てて訂正した。

妹はいっぱい食わされたのだ。こんな運転手だと、遠回りでもされて料金までごまかされかねない。とんだタクシーにつかまってしまったと、一瞬後悔したが、この際、意地悪な運転手の冗談に乗ってやろうと思い直した。

「博多はきれいな女性が多いでしょ？」

妹から逆にからかわれても、

「ぜーんぜん。お客さんほどきれいな女性はいないとよ」

と、運転手は上手に切り返してきた。

「まあ、冗談ばかり……」

「いや、お世辞は言っても冗談は言わんとよ」

世慣れた運転手のジョークに乗せられて、おばさんはハラハラドキドキ、女心をくすぐられっぱなしだった。

後部座席からは、運転手の全体の輪郭がはっきりとはつかめないが、わずかにバックミラーに映るつやつやの額ときりっとした髪の生え際から、中々のハンサムなお兄さんに見えた。

妹にとっては、母娘三人旅の中で初めて他人の風の通り道ができたことがうれしくて、運転士との会話に夢中になっていた。ただ、お母さんはむっつりだんまりと、車窓の街の風景を眺めていた。

黒太はお母さんの体力がもう限界に達しているのを、妹がまだ気づいていないのが心配だった。妹がお母さんのためにと、焦れば焦るほど、お母さんの疲労はたまる一方なのだ。現に、お母さんは『岩田屋』に着いても、自分の土産物を買う気力も失って、妹が代わって選ぶ始末だった。

お母さんは長男と二男のお嫁さんにお土産を買う予定だった。長男のお嫁さんは近くに住んでいるので、よく世話になっている。だから少し値が張るが、福岡特産の『明太子』の大を、二男のお嫁さんにはもう少し小さいサイズの『明太子』を買った。

『明太子』なら申し分のない土産になるに違いないと、店員に注文する妹から少し離れたところの階段の下で、お母さんは足下の乱れも気にせず、体を小さく丸めてうずくまっていた。

お母さんの体力の限界を心配しながら、妹のポケットに潜り込んでいる黒太には、そんなお母さんに手を貸してあげる方法さえ思いつかず、ただただ帰りのバスの乗り場に少しでも早くと、お母さんの土産物を包む店員の手元を目で追うばかりだった。

地下鉄に乗り、帰りの高速バス乗り場に駆けつけると、お姉さんとちょうど鉢合わせになった。

博多織会館には行かずさっさと雑踏に消えたお姉さんは、駅の近くのデパートで買い物をして過ごしたらしい。お姉さんは大きな紙袋を二つも抱えていた。

博多織会館では、「何で、姉ちゃん、一緒に来んのかなあ」と、眉を八の字にしてしつこくこだわっていたお母さんは、暑さと疲れと足の痛みが限界だったので、お姉さんに小言を言う元気もなかった。それよりも、お姉さんに無事に会えて安心したのか、久しぶりに笑った。ホテルを出てから今日一日の中で、初めて見る笑顔だった。

目を細め白い歯をこぼすお母さんの笑顔を見て、妹もホッとして、バスの中で食べるスナック菓子を売店に買いに行った。

あとは、高速バスに乗って家に帰るばかりである。かげぼうしの黒太が活躍できる場は、もうなさそうだ。妹のズボンのポケットからはい出そうとして、黒太は首を引っ込めた。お母さんがちゃんとわが家に辿り着くまで見届けないと、安心できなかった。何だかこのままでは終わらない予感がしていた。

二泊三日の母娘三人の夏の旅で、それぞれが何を感じ、何に満足したのか、最終日に博多織会館に向かう前のアクシデントがあったから、お互いに口に出して感想を語り合うことはなかった。

でもお母さんが『マリンワールド』のイルカショーが一番気にいったことだけは確かだった。実際、調教師の合図で、踊ったり飛びはねたり、水上を行進したりするイルカの芸に、目を丸くして何度も歓声を上げていた。

妹も、塾で教えている学生たちに喜んでもらうため、ずっと前からほしかった国宝『漢委奴国王』の金印の複製を手に入れ、満足だった。

山深い別荘地に住む専業主婦のお姉さんは、この旅行を楽しみにしていた。確かに、『博多織会館』の一件を除けば、妹が手配した広くてゆったりとしたホテルに感激し、自由な都会の空気に触れて解放感に浸っていた。

三人三様の思いがどこかでピッタリ合って、初めて旅を締めくくれる。でも黒太にはまだその一瞬が見えてこないのだ。

太陽が大地を焦がす強烈な暑さのため、三人とも心身ともに疲れて、相手を思いやる余裕を失っているのが、その原因かもしれなかった。とにかく、その一瞬を見届けるまで、黒太はさよならを言えない。だから、妹のズボンのポケットの中で、しばらく様子を見ることにした。

「あーあ、やっとこれで帰れる」

バスに乗り込んだ瞬間、お母さんはため息交じりにそう言うと間もなく、お姉さんの隣の席でうとうとし始めた。そのうちスヤスヤ、グーグー寝息を立て、植物人間のようにこんこんと眠り続けたのだった。

それればかりか、血が通っていない蝋人形のように手が冷たくなっていた。お姉さんは畑仕事でごつごつしたお母さんの冷え切った手をさすり、ずっと握り続けた。

最初の計画では、お姉さんは別荘に近い九重のバス停で降り、妹とお母さんは、別府まで同じバスで行き、そこからJRに乗り換えて、お母さんの家がある杵築まで帰る予定だった。

でも死んだように眠り続けるお母さんはこのまま、杵築まで帰れる状態ではなかった。急きょ、お姉さんと一緒に九重で降りて、近くの診療所で診察してもらい、別荘で一泊してから、お姉さんの車で杵築まで送り届けようということになった。

妹はお母さんとお姉さんの二人と一緒にそこで降りるかどうかほんの少し迷った。途中で一休みするより、疲れついでに一気に杵築まで帰り、ゆっくり体を休める方が、早く体調を取り戻せそうな気がしていた。

黒太はポケットの中から妹のズボンを引っ張った。一緒に旅に出ながら、お姉さんに具合の悪いお母さんを預けたまま、一人だけさっさと帰るのは、お母さんを放っていくことと同じだ。黒太は妹をそんな薄情者にしたくなかった。

田舎で一人暮らしのお母さんを喜ばせて上げようと、遠い町で働いている妹は帰省までして、やっと母娘旅のプランを実現するところまでこぎ着けたのだ。母親思いの妹には最後までお母さんの傍にいてあげてほしかった。

黒太の願いが通じたのか、妹は自力ではバスを降りることさえできそうにもない、手足の力を失ったお母さんのつらそうな姿を目にして、今は自分のことなど構っていられない状況と判断し、お母さんたちとバスを降りることにした。

バス停から診療所に直行し、医者に診てもらうと、ただの夏バテと疲労なので何も心配しなくても大丈夫、一日休めば元気になるだろう、とのことだった。

お姉さんが住んでいる別荘は黒太にとっては初めての地だった。別荘地の周りには、みずみずしい夏の空気が漂っていた。九重連山の緑は青々と茂り、森の木立には涼しい風が渡り、甘い土のにおいがした。コンクリートの都会とは、まるで別世界だった。

別荘は白壁に黒瓦と、よく目にする色彩鮮やかなヨーロピアン風の丸太造りの建物と違って、重厚でしっとりとした趣のある日本風の家だった。天井は高く大きい羽の扇風機が回っていた。また、今は夏なので使われていないが、掘りごたつの囲炉裏があり、鉄製のがん丈なかぎが天井から吊るされていた。

黒太は真夏の避暑地にピッタリの、この場所が気に入った。都会の人混みの中で一夏しっかりと働いた黒太は、お母さんと妹を見送った後は、しばらく、この別荘地でゆっくり一休みしようと決めた。

その夜はお姉さんの別荘で、十分休養をとった。お蔭で翌日にはお母さんもすっかり元気を取り戻した。そこで、別荘に近いバス停から高速バスに乗り、別府まで出ることになった。前日のうちに、近くのバス停でバスの発車時刻を調べておいたので、そのバスに乗りさえすれば、昼の一時には杵築のお母さんの家に着くはずだった。

すっかり元気になったお母さんと妹は、別荘のお姉さんに見送られ、お姉さんの息子の運転で別荘を出発した。

妹のズボンのポケットの中で、一夜を明かした黒太は、もう自分が見届けなくても大丈夫だろうと、お母さんたちが別荘を出発するとき、二人に別れの手を振ろうとした。ところが、体全体が何かに引っ張られて、グングン伸びていくではないか。

実は母娘とお別れしたつもりが、妹のズボンのポケットに体の一部が引っかかっていたのだ。

そのせいで、黒太は車が発車したときの勢いで、元のズボンのポケットに収まってしまったというわけだ。

お母さんと妹と再び同行することになった黒太は、また何だか悪い予感がした。ちょうど昨日、高速バスに乗るときに感じたのと同じ悪い予感で、それは見事に的中した。

突然、妹が行先を変更したのだ。お姉さんが教えてくれた別荘近くのバス停を、昨日下見までしたのに、そのバス停には向かわず、ＪＲ豊後中村駅まで送ってもらうよう、お姉さんの息子にお願いするのを聞いてしまった。黒太は「おい、おい、どういうこっちゃ」と叫びたくても、ズボンのポケットの中ではどうにもならなかった。

ＪＲ豊後中村駅は、登山客がよく利用する山の谷あいの駅だ。平日は利用客が少ないばかりか、季節によっては出発時刻の変更もあるらしい。でも妹が出発時刻を調べた様子はない。

黒太は妹の本音を確かめるため、ポケットからそっと頭だけ出して、心臓に耳を当てた。

博多からの帰りのバスの中で、体調を崩したのは、実はお母さんだけではなかった。妹もバスに酔ってしまったのだ。手が冷たくなったお母さんの介抱を、お姉さんに任せっぱなしだったのも、酔った自分を持ちこたえるだけで精一杯だったからだ。

バスはガタガタ揺れて乗り心地が悪い上に、別府に着いた後、杵築行きのバスが何時に出るか調べていなかった。また、別府行きバスから杵築行きバスに乗り換え、杵築に着いたとしても、そこはお母さんの家から遠いバスターミナルなので、さらに一キロほど歩かなければならないのだ。

別府でバスを降り、ＪＲに乗り換えて杵築まで帰る手もあるが、その場合は別府のバス停とＪＲ別府駅が離れすぎているので、これも不便で、歩き疲れるのが目に見えていた。出来れば、初めからバスよりＪＲを利用したかった。ＪＲに乗れば、別府駅の構内で移動し、日豊線に乗り換えるだけで済む。歩き回って疲れることもないうえ、杵築に着いたらお母さんの家はすぐ目の前だ。何と言ってもＪＲの利用は馴染みがあって安心だった。

ＪＲにこだわる妹は、たとえ田舎の駅でも、一時間に一本くらいは走っているだろうと軽く考えていたのだ。

黒太はＪＲの時刻も調べず、バスからＪＲに変更するのは不安で仕方なく、妹のズボンを強く引っ張った。でも妹は気づく様子もなく、たとえ何があろうとＪＲで帰る気構えを崩さなかった。黒太はすごすごと妹のズボンのポケットにもぐり直した。

　別荘近くのバス停よりはるかに遠いＪＲ豊後中村駅までは、車で二十分以上かかった。

「無理を言ってごめんなさい。ここまででいいわ。本当にありがとう」

と妹は申し訳なさそうに、お姉さんの息子に礼を言い、お母さんの手を引いて、そそくさと待合室に入っていった。

　悪い予感の第二弾は、その後、すぐ起こった。ＪＲ豊後中村駅に着いたのは十時三十五分。別府行きの時刻表を見ると、次の列車は十三時三十八分発だ。

「ええーえっ！」

　妹はびっくり仰天して悲鳴を上げた。

　これから三時間も待たないと、次の列車は来ないのだ。何かの間違いではないだろうかと、妹は何度も時刻表を見直したが、十三時三十八分と書かれているだけだった。

　一体、こんな田舎の駅で何をして三時間を過ごしたらいいのか、もし妹に相談されたとしても、黒太にもいい考えが浮かばなかった。赤字で書かれた『十三時三十八分』にうろたえ、恨んだところで、どうにもならないのだ。

　お母さんは案の定、顔をこわばらせた。

「うちは変更しないで、下見したバスで帰った方がいいと思うとったよ」

当然の言い分だったが、声は抑え気味だった。妹の気持ちが痛いほど分かるからだ。

妹は内心うろたえ、途方に暮れた。でも、お母さんを心配させまいと、その場を繕い、すぐ近くにあった電話ボックスに向かった。ＪＲがだめなら仕方がない、この際バスだと、電話帳でバスの営業所の番号を調べ、ちょうどよいバスがないかどうか問い合わせた。

幸い、国道に出れば、十二時二十六分のバスがあるという。それなら二時間待つだけだ。駅から国道沿いのバス停に移動する時間を抜くと、待ち時間はほぼ一時間三十分で済む。一時間三十分くらいなら、駅前の喫茶店で何とかつぶせる。旅の思い出をお母さんとゆっくり確かめ合ういいチャンスにもなるはずだ。

妹が気を取り直したのを見て、黒太はホッとして、ズボンのポケットから飛び出した。妹は何をするのも早い。伸びをする間もなく、黒太は駅前の喫茶店に取って返す妹の後を追いかけた。

二人は、ちょうど空いていた明るく日当りのいい窓際の席に座った。暑くても、気持ちが弾む明るい場所を選んだのは正解だった。外の景色がよく見えるのだ。

駅前広場は駐車場として使われており、都会の駅のような賑わいはないが、だからといって閑散としているわけではなく、結構、車の出入りがあった。その光景を追っているだけで退屈しない。黒太もポケットから顔を出して車が入れ替わる様子を観察した。

「お昼は列車がないんですね」

妹は喫茶店のママさんに話かけた。

「ええ、ほんと、少ないんですよ」

ママさんは午後まで待つことになろうとは、想像さえしていなかった客の落ち込んだ気持ちをキャッチして、気の毒そうに答えた。

色白でしゃれた真っ赤なエプロンを着けたママさんは、田舎に住んでいるようには見えないほどあか抜けて、言葉も訛りや方言でなく、標準語に近かった。若いころはきっと都会で働いていたのだろう。

旅先の見知らぬ町の喫茶店で、地元の人と何気ない会話を交わす。そんな雰囲気が妹は好きだった。何か特別のものを見たわけでも手に入れたわけでもない。でも普段の生活では味わえない体験や見知らぬ人とのちょっとした出会いは、心がいやされるのだ。

妹とママさんの会話に耳を傾けながら、お母さんも始終、にこにこ顔だ。まだ二泊三日の旅の途中だが、もう見るものはみんな見たし、体験したいことはみんな体験し終わった。もうすぐ家に帰ってゆっくりできると思うだけで、心がうきうきするのだ。

思い起こせば、旅の一日目、お母さんと妹は昼過ぎにゆっくり杵築の家を出て、JRで博多まで行き、シティーホテル『ル・グラン』に直行した。ホテルで落ち合う約束をしていた九重の別荘のお姉さんも、ディナータイムの少し前には到着した。

小さなホテルに泊まることが多かったお姉さんは、豪華な家具調度のそろった、二間もある広い部屋に歓声を上げた。久々の母娘三人旅なので、妹が奮発して高級ホテルを予約しておいたのだ。ディナーも夜景の見える展望レストランでフランス料理のフルコースときた。カメラが趣味のお姉さんは、ディナーを楽しむお母さんを、夢中になって様々な角度から撮影した。

二日目はかげぼうしの黒太とともに一日中、『マリンワールド海の中道』でイルカショーを見、水族館では珍しい魚たちの遊泳をたっぷり見て回った。『シーサイドももち』では、空を突き抜けるようなポートタワーの周りを散歩した。さらに文化の殿堂である博物館にも立ち寄り、世界や日本の伝統文化に触れたりするなど思い切り楽しんだ。

そんなこんなの旅の話で盛り上がっているうちに、あっという間に時間が過ぎた。一時間半も粘ってコーヒー一杯では申し訳ないので、帰り際、バスの中で食べるサンドイッチを特別に注文した。ママさんは携帯しやすいように箱に詰め包装紙に包んでくれた。

さわやかな気分で喫茶店を後にし、バス停に向かった。通りは日差しが強く、黒太は思いっきり体を伸ばして、妹と一緒に並んで歩いた。妹はいつもの大股ではなく、ゆっくり歩いた。お母さんの歩調に合わせているからだ。自分の計算違いから、お母さんに暑くてつらい思いをさせることになってしまって、済まない気持ちでいっぱいなのだ。

黒太の後から、とぼとぼ付いて来るお母さんの頭には、ピカソのデザイン入りの鮮やかなグリーンのスカーフが巻かれている。暑さしのぎに、妹が巻いてあげたのだ。レースの日傘は、お母さんがうっかり別荘に忘れてきた。

やがて、旧道と国道を結ぶ橋に差し掛かった。水面がキラキラの川を渡ると、バス停はすぐそこだ。

「涼しくて、気持ちいいなあ」

お母さんは風の通り道になっている橋の上に立ち止まり、深呼吸した。このままずっとここにいたい。そんな思いが、じっとその場にたたずむお母さんの穏やかな目や紅潮した頬ににじんでいた。涼しげな風をいとおしみ、橋の上にたたずむスカーフのお母さんは、まるで恋人を待ち続ける少女のようだった。

だが、ほんのひとときの幸せはすぐ壊れた。悪い予感の第三弾が、見事に当たったのだ。

木陰らしいものがないばかりか、真夏の太陽にさらされっぱなしのバス停に、ようやく到着した。時刻表を見ると、営業所に問い合せたとおり十二時二十六分発になっている。あと五分も待てば、バスは来るはずだった。

ところが、運行掲示版に貼られているもう一つの『お知らせ』の上で妹の目がくぎ付けになった。そこには妹が電話で問い合せた営業所とは異なる別の会社の、バスの臨時運行時間が書かれていた。臨時の別府行きは、十一時二十六分である。

「しまった、やられた!」

妹が大声で叫んだ。十一時二十六分といえば、妹が列車がだめならバスに変更しようと、バスの営業所に問い合せた時間からほんの三十分後に当たる。その情報をその時点でキャッチしていたら、喫茶店で時間つぶしすることもなかった。駅からバス停まで移動したらすぐ別府行きのバスに乗れたのだ。

駅のサービスカウンターは県外のイベントツアーのパンフレットであふれていた。でも地元の交通情報は全く見当たらない。県下有数の観光地でありながら、総合的な情報サービスがないことに、妹は不満を抱いた。

バス会社と鉄道会社は運営が異なるので、ライバル会社の情報まで提供できないということなのだろうが、観光客の助けになる情報くらいは共有できないものだろうか。

元はといえば、自分がJRからバスへ勝手に変更したことが、すべての不運を招いていると分かっていながらも、つい愚痴が突いて出る。でも、すべてが後の祭りなのだ。気を取り直して、十二時二十六分のバスを待つことにした。

お母さんは妹の手際の悪さを責めることもなく、太陽にさらされて空気が乾ききったバス停で、黒太の仲間のかげぼうしたちと並んで、バスが来るのを今か今かと待った。

客は母娘の他に、バスを待つ列にもう一人加わった。白っぽい作務衣《さむえ》姿のおじさんだ。大分の病院から一時帰宅を許され、お盆休みをわが家で過ごし、これからバスで病院に戻るところだそうだ。

バスが目の前を通り過ぎたのは、ちょうど十二時二十六分だった。『ノンストップ別府・大分行き』の表示がさっと流れた。おじさんはこのバスじゃないよというふうに、素通りするバスを軽く見送った。

地元の交通事情は、その土地で生活している人たちが一番詳しい。だから、妹は素通りするバスを見送るおじさんのしぐさに、何の疑問も抱かなかった。

黒太の悪い予感の第四弾も、見事に当たった。

ノンストップのバスの後は、五分待っても十分待っても、十二時二十六分のバスは来なかった。そもそも、おじさんが「バスはよく遅れるから」と自信たっぷりに言うので、ついのんきに構えてしまった。でも十五分、二十分も遅れると、そうはいかなくなった。

先に出発してしまったということはないだろうか。もしもそうだとしたら、いくら待ってもバスは来ないだろう。あるいは運行表が古くて、十二時二十六分発のバスはないのかもしれない。営業所に問い合せた時刻も、もしかしたら聞き違いであったかもしれないと、悪い想像ばかり働いた。

不安と焦りで、妹は体を支えている足とは違う、もう一方の足のかかとをカタカタと何回も鳴らした。その度に、黒太も体をガタガタと震わせなければならなかった。

バス停は、川沿いのS字のカーブの道を抜け、まっすぐの道に入ってからおよそ五十メートルの場所にあった。バス停からは、そのカーブを走るバスの屋根が、家や木立の隙間からほんの少しかいま見える。バスを待つみんなの目は、必然的にそこに集中した。

ほんのちらっと見えるだけだが、それがトラックなのかバスなのか、車体の色ですぐ分かる。ほんの一瞬の風の動きでも、眠ったように静かな山村では敏感に伝わって来るのだ。

遠いカーブの辺りで瞬間的に流れる色は、白でも青でも黄色でもなかった。カーブが切れ、全貌をあらわにして直線道路をまっすぐ向かってくる車という車を、目で追ってはため息がもれた。

遅れることはよくあると、のんきに構えていたおじさんも、さすがにそわそわキョロキョロし始めた。待てど暮らせど姿を見せないバスを諦めたところで、あとは十三時三十六分の列車以外に、どんな乗り物があるというのか。

カーブが切れ、直線道路に姿を現した車の中には、自衛隊の車もあった。近くに由布駐屯地があるので、自衛隊の車が通るのは珍しくない。

黒太はふといいことを思い付いた。

『おばさん、おばさん、自衛隊の車に乗せてもらったら？』

と、黒太はしょげ返っている妹の肩をたたいた。

黒太のテレパシーが通じたのか、隊列を組み、ものものしい雰囲気を周囲にばらまきながら走るカーキ色の車に、妹の目が輝いた。

そうだ！　この際、自衛隊の車に乗せてもらえば、この危機から抜け出せる。『いくら待ってもバスが来ないので、乗せてください』、いや、『おばあちゃんの容体が悪いので、別府まで送ってください』などと、いろいろなセリフを考えてみた。

ヒッチハイクの経験はない。でも、炎天下に立ち尽くしているお母さんの体の事を思うと、一刻も早く楽に、ここから移動したかった。お母さんにはもう一度駅に戻ろうとは、とても言い出せない状況なのだ。

もし、傍にバスの情報を親切に教えてくれたおじさんがいなかったら、妹はきっと自衛隊の車に向かって手を上げただろう。でも、その勇気は出なかった。

バス停に着いてから三十分が過ぎた。そこへ車体のサイドに青い破線の入ったバスが、直線道路に姿を現した。十二時二十六分に素通りしたピンク色の破線の入った別府行きのノンストップ便とは、明らかに違っていた。

「ああ、あれです」

おじさんは随分遅れたけど、ちゃんとバスが来たことを証明できて、うれしそうに白い歯をこぼして笑った。

バンザーイ！　母娘の不安と焦りは、一挙に吹っ飛んだ。黒太も一安心だった。これでやっと帰れる。もう何も心配することはないのだ。妹は無造作に路上に置いた旅行カバンを持ち上げ、バスに乗り込む準備をした。黒太も慌てて、妹のズボンのポケットに潜り込もうと体をちぢめた。

でも、バスは止まらなかった。おじさんが手を上げると、バスの運転手は手を左右に振って、満席のサインを投げ返した。そして、減速することなく、バスは走り去ったのだ。

黒太はこんな形で、第五弾の悪い予感のくさびが撃ち込まれようとは、夢にも思っていなかった。

『運が付いてねぇなー』

『そうねぇ。お盆の最中に家を留守にしたので、罰が当たったんかもしれないねぇ』

『そうかもしれん』

『でも、飛行機の墜落事故に遭ったと思えば、命の方は大丈夫なんだから、まあ、これでよかったんかもしれんね』

『そうじゃな』

黒太には母娘二人のそんな会話が聞こえてくるようで、胸が締め付けられた。

「こんな乗れなかったことは、今まで一度もなかったんですがね」

と、スピードを上げて走り去るバスをうらめしそうに見送りながら、おじさんは申し訳なさそうに、声を落とした。

最後の望みは、今から二時間半前、母娘を絶望の淵に追い込んだＪＲの列車だ。どんなにあがいても、別府まで行くにはその十三時三十八分の列車しか残っていないのだ。選択肢が一つになって、却って気が楽になった。

「駅まで車で送ってあげましょう。別府まではとても無理ですが……」

運の悪い母娘を見かねてか、おじさんがそっと声をかけてくれた。どうも、バス停の近くの広場に車を止めていたようだ。おじさんは手の指を切り落として入院していたらしく、まだしっかりと指がつながっていないため、包帯で巻かれたその手でハンドルを握った。

おじさんとの出会いも、心が温まった。そして、何よりも親切がうれしかった。駅まで戻るとしたら、また、お母さんに暑い中、重たい足を運んでもらわないといけない。それを思うと、妹はお母さんに『また駅まで戻ろう』と言い出せずにいたのだ。

黒太は母娘に明るい光が差し込んでくるのを感じた。このままずっと、明るい光に守られて、無事、家まで辿り着いてほしいと祈りながら、黒太は車に乗り込む妹の耳の中に潜り込んだ。ズボンのポケットだと、またまた、悪い予感に取りつかれてしまいそうだったので、場所を変えたのだ。

閑散とした駅の待合室は、涼しい風が通って快適だった。あと二十分も待てば、最後の頼みの綱である列車に乗れるのだ。その列車の到着が待ち遠しくて、ホームに出た母娘は、駅舎の軒下に置かれているベンチに腰掛けた。

プラットフォームには、ひょうたん棚がしつらえてあった。七夕の飾りのように、鈴なりのひょうたんに目を奪われた黒太は、

『お母さん、ほらほら、見てごらん』

と、妹の耳の中からこぶしを突き出して、お母さんの肩をたたいた。

「ほう？　こりゃ、キュウリかなあ」

お母さんは太陽の光を一身に浴びて青々と茂るつるに目を奪われて、棚の天井に鈴なりのひょうたんが目に入らないようだった。

「ちがうよ。ひょうたん、ひょうたんよ。あんなにたくさん。私たちを歓迎してくれているようね」

妹が天井を指すと、

「あーあー、ほんと。見事じゃなあ」

と、お母さんは初めて天井のひょうたんに気づいて感心した。

そこへ、いつの間にか車掌室から車掌が出てきて、

「もうすぐ到着ですよ。手前のこのホームに入ってきますからね」

と、親切に教えてくれた。

車掌さんの丁寧な案内はもちろんのこと、お母さんが苦手な駅の階段を登らずに済むことが分かっただけでも、妹はありがたかった。お母さんにこれ以上、きつい思いをさせるわけにはいかなかった。

これでいいことが三つも続いている。『運が巡ってきたぞー』とつぶやき、黒太は妹の耳の中で、

パチパチと拍手した。おばさんは耳がかゆいのか、ツメを立てた。

『キィー』

もちろん、痛がる黒太の悲鳴はだれにも聞こえないので、妹はなおもキリキリとツメを立て続けた。

そこへ列車が入ってきた。別府行きの標識を堂々と掲げた列車は、太陽に反射して銀色に輝いていた。王子様に迎えられ黄金の馬車に乗り込むシンデレラのように、母娘は手を取り合い、うれしそうに列車のステップに足をかけた。

これで安心、安心と手を合わせる黒太は、扉が閉まるほんの瞬間、妹の耳から無事、脱出した。母娘を乗せた銀色の列車は、夏の光に反射してキラキラときらめく緑の田園の中をスイスイと走り、遂に地平の向こうに消えて行った。

手を取り合い、さよならの言葉を交わし合うことなく母娘と別れ、一人ぼっちになった黒太の心は不思議と穏やかだった。耳を澄ますと、こんな会話が聞こえてきそうだった。

『ほんとにほんと、やっとこれで家に帰れるんじゃな』

『そうよ。いろいろあったからね』

『やっぱ、汽車が一番いい。バスとちがって座り心地がいいもんな。ああー　気持ちがいいー』

『ほーんと。ガタガタ揺れないから落ち着くものね。それにしても、お母さん、疲れたでしょ。よー歩いたものね』

『ううーん。歩くのも歩いたけど、何と言っても、暑かったなー。やっぱ、夏の旅行は母ちゃんには向かんわ』

『そうやなー。私は夏が大好きだけど、お母さんも姉ちゃんも夏が苦手だからね。今度旅行するときは、春か秋にしようね。春や秋ならちょっとくらい無理しても、夏のようには疲れないから』

『とにかく夏は暑いから……』

『ほんと。久々の母娘旅行がこれほどの暑さに見舞われるとは、予想していなかったものね』

直接聞こえて来るわけではないが、おばさんたちの会話はさらに続いていた。

『あっ！　そうだったのか！』

黒太は突然、あることに気付いた。

お母さんは夏の日差しが苦手だ。夏の日差しは、黒太たちかげぼうしを一番元気にさせてくれる。でも、お母さんにとっては、黒太たちかげぼうしの季節は地獄のようなものなのだ。

だとすると、母娘は出会ってから別れるまで、その暑さ地獄の象徴ともいえる黒太たちと一緒に旅行していたことになるではないか。つまり、五弾も的中した悪い予感は、黒太らかげぼうしが運んでいたことになるのではないか。

旅の最後に妹の耳の中に身を潜めていた黒太が、ツメで引っかかれたのは、そのしっぺ返しだったのか。黒太はガーンと頭をなぐられたようなショックを覚えた。でも、すぐこうも考えた。母娘との別れが近づくにつれ、作務衣のおじさんの親切をはじめ、いいことが立て続けに起こった。もしも、この母娘に出合っていなかったら、夏の日差しを隠れ蓑にして、また、他のだれかに取り付いて、暑さでぐったりさせていたかもしれない。

また、母娘にしても、黒太たちかげぼうしに出会ったからこそ、旅の醍醐味であるハラハラドキドキのハプニングを体験し、その度に相手を思いやったり、家族の絆を深めたりして、猛暑でしぼんだ元気を取り戻し、楽しいひとときを過ごすことが出来たのではなかろうか。

今度ははっきりと、黒太の耳に、こんな会話が聞こえてきた。

「でも、お前たちが連れて行ってくれたからこそ、母娘水入らずの楽しい旅行ができたんで。母ちゃんは幸せ者じゃ。感謝しているよ」

「そう、言ってくれるとうれしいな。いろんなことがあったけど、いい人生勉強になったわ。それにずっと前からほしかった金印も買えたしね」

ごそごそとバッグをかき回し、妹は本物そっくりの金印を取り出した。

「それほんとの金かえ？」

と、お母さんは目を丸くした。

「ううーん、違う。本物の金に見えるけどね。でもこんなにピッカピカよ」

「ほんと、きれいじゃなあ」

「あっ！　そうそう、もうお昼とっくに過ぎちゃったけど。喫茶店のママさんに作ってもらったサンドイッチ、食べようか」

「うん、そうしょう、そうしょう」

楽しい会話を乗せた列車は、延々と続く緑の田園を走り抜け、明るい海辺の町を目指してスピードを上げた。

そのころ、黒太もぎらぎらした日差しを避けて、駅の大きな欅の木の下で一休みしていた。

一仕事終えた黒太は伸びをした。遠くの方で、仲間のかげぼうしがトラクターを運転する農家のおじさんの後に付いていくのが見えた。

今年のように雨が降らず、真夏日が続いたのは、最近では珍しいことだった。お陰で黒太たちかげぼうしは目いっぱいひとかせぎできた。

ひとときの幸せを思い、真夏の太陽に透けて見えるツヤツヤの緑の葉を仰ぐ黒太は、やがて背丈がグングン伸びて、日の焼けた地面で大きな木陰になった。

解説

A文学会

　年をとるほどに、忘れたふりをしたくなるものはいろいろあるだろうが、そのひとつに「子供のころ感じた恐怖、悲しさ、孤独感」があるのではないか。

　一般的に言って子供の生活範囲は狭い。あまり長く生きていないから、「つらい時間もいつかは終わる」と考えにくい。そしてやはり、大人の事情に振り回され、自力ではどうにもならないことばかりだ。結果、ほんの少しの変化で天国から地獄へ、その逆も然りと揺れ動くのが子供の世界だ。客観的にみれば平穏無事に育った場合であっても、よほどの幸運でないかぎり何かしら不遇の記憶が刻み付けられているものだと思う。

　本作にはそれら子供の感じる恐怖や理不尽さが描かれているが、必ずしも暗い印象ではない。むしろほの明るい、ふくよかな感触がある。おそらく、ここに描かれた子供たちが、読み手の「心の故郷」につながっているからだろう。

大人には大人の苦しみや、対処せねばならない差し迫った危機もある。いっぽうでいくら「昔のこと」と思っていても、ここに描かれた子供たちの苦闘を読むと、遠い過去の振り回された自分を思い出してちょっと苦笑いが浮かぶ。私たちはよくわかっているのだ。怯え、怒り、なにができるわけでもなかった自分を知っているからこそ、今があるのだということを。プレッシャーにさらされながらも状況を検討し、回避しようと工夫し、乗り越えようと自らを鼓舞した経験が現在につながっている。その認識は、ここに登場する子供たちの行く先を松明のように照らしている。

それにしても、各話それぞれきちんと結末を迎えながら、たどり着いた先の世界をさらに想像させる、作者のたくらみに満ちた創作ぶりには感嘆する。

この先は各話の結末に触れる。まず『岬に立つ子ら』では、ある程度終わってしまった先生の物語と、まだまだ先が見えない子供たちの物語を対比させることで、単純な寂しさを空間的奥行きがやわらげている。『良ちゃんの事情』では、一応のハッピーエンドをみたものの、何年後かの、あるいは大人になってからの恵子と良の会話を想像すると興味深い。恵子は小学生時代の良の行動を引き合いに出してからかう強さを身につけることができるのか、それとも？最も過酷な運命を背負わされた『入道雲のしわざ』の文太は、父親の腕に抱かれてわだかまりなく新しい生を生きていけるのか。不思議な世界で出会った小柄な船頭のたたずまいを、折にふれて思い出したりはしないのか。『炎の少年』は、すでに圭太が少年時代から抜け出しつつある気配を見せて終わる。ここから先彼が経験する喜びや悲しみは、きっと大人としてのそれだろう。

＊＊＊

単行本『入道雲のしわざ』に解説文を寄稿したのは二年前のことだった。今回、改作を加えての文庫版刊行に際し、再度の機会をいただいた。そこで改作「かげぼうし黒太夏を行く」を中心に言及していきたいと思う。

一読して驚くのは、いかにも童話風の標題を裏切り、本作の主たる登場人物は大人だということ。しかも高齢の女性とその二人の娘というのだから、子供の視点からの描写を得意としてきた作者にはレアといっていいほど年齢設定が高い。

郊外に住む三人は、都市の空気を吸ってリフレッシュしようと大都市・福岡にやってきたのだが、間が悪いことにかの都市には酷暑が訪れていた。そこへもってきて、観光名所だと思っていた建物が予想外にマイナーな場所だったせいで、タクシー運転手も目的地を知らなかった。これがけちのつき始めで、灼熱の太陽の下、母娘の思わぬ右往左往が始まる。

母親は意地と遠慮がないまぜになって「疲れた」「暑い」の一言が言えず、失地回復しようとして娘が打った手は、ことごとく裏目に出る。旅行中、ほんの些細な予定外、ちょっとした余計な手間から同行メンバーの間に緊張感が生まれる状況は、大人ならば誰しもといっていいほど経験することだろう。読者ははらはらしながら三人の珍道中を見守ることになる。

それだけなら大人向けの感情教育物語なのだが、さすがは作者、ここに「かげぼうし」というファンタジー要素を加えて生々しさをやわらげている。この「かげぼうし」の存在がなんとも奇妙で愛らしい。強い日差しを利して人間にぴったりくっついて回るのだが、悪さをするわけではない。ただ「ついて回るだけ」だ。人間が好きだからくっついている、と言っても過言ではない。

いっぽうで悪さができないということは、アドバイスも手助けもできないということだ。母娘についたかげぼうし「黒太」は、運の悪い目ばかりが出る旅のなりゆき、とりわけ暑さの中で疲れ切る高齢の母親に気を揉みながらも、何もできない。見守ることしかできず、けれど見捨てることはなく、黒太は母娘に寄り添い続ける。

猛暑の福岡市が極めて魅力的に活写されているのも本作の特徴だ。コンクリートにがっちりと固められたあちこちからたちのぼるむせ返るような熱気、建物やタクシーの中の冷房のありがたさ。どんな暑さの中でも淡々と活動する在住の人々。読者は真夏の都市部を思い浮かべてふと気づくだろう。影とは道路や建物にぴったりと張りつくものであると。とすれば改作『かげぼうし黒太夏を行く』の主人公は、黒太であり、彼やその仲間をあちこちに住まわせている福岡や、母娘があてどなくバスを待つバス停など、九州北部の風景なのかもしれない。

＊＊＊

それにしても、改めて再読して、やはり作者の作品は主として子供の目からみた正直な知覚、恐怖や無力感を過小評価しない表現が鮮烈だ。『良ちゃんの事情』で恵子が教室を飛び出すくだりには胸が痛くなるし、『岬に立つ子ら』で、自分たちには先生を守れないという現実を突きつけられた子供たちの姿は切ない。『入道雲のしわざ』の、異界に一人ぼっちの孤独感は並大抵ではないし、既刊作品の中で最も力強い印象の『炎の少年』ですら、一瞬も気の抜けない学校生活の緊張感がひしひしと伝わる。

ある程度の年齢になれば、子供時代の時間の速さと大人のそれでは全く違うことを実感する。大人のそれのほうが何倍も、何十倍も速い。時として、「ついこの間まで子供だったはずなのに、もうこんな年なのか」と思えてしまう。

だからというのではないが、自分で思うより、人は子供時代と変わらずにいるのかもしれない。「成長の速度は思ったより遅い」ということでもあるし、「年を経て擦り切れる部分はあっても、忘れずにいるものもある」との意味でもある。

文庫版に『かげぼうし黒太夏を行く』が加わると知り、そんな感慨を深くした。

人生を点ではなくて線として見る、その視点はもがいている子供たちへの無言の応援歌になる。大人にとっては、自らの小さな一歩を思い出させる、謙虚さや初心を蘇らせてくれる作品だといえる。

著者プロフィール

堀島　隆

昭和 22 年 1 月 6 日、大分県杵築市に生まれる。
広島大学文学部史学科卒業後、愛知県の教育界へ。
職場の広報誌担当を 30 年ほど担当する。その過程で創作をはじめる。
1985 年ごろ、大阪文学学校に半年通う。
2012 年ごろ、NHK 学園生涯学習通信講座『文章教育』を３回受講する。
〔応募歴〕・教育雑誌『子とともに』（公益財団法人愛知県教育振興会）児童文学賞に挑戦し、複数回入選する。
・集英社『コバルト』新人賞で、優れた作品の紹介で、題名とペンネームが掲載される。
・『北日本文学賞』第 19 回、第 38 回の一次予選を通過する。
・その他、かすがい市民文化財団、文芸社、鎌倉新書、『婦人公論』などで、掌編やエッセイが掲載される。
〔現　況〕早期退職、U ターン後、諸事情により 15 年ほどペンを断つ。4、5 年ほど前から執筆を再開する。執筆活動のほかに、教育カウンセラー、日本語教師などの資格を生かして、学校教育支援センター相談員や親と子の相談員を務め、地元のテレビ出演する。また、電話相談や日本語会話などのボランティア活動を相続する。
〔趣　味〕海外の旅（ユーラシア大陸の西端ポルトガルのロカ岬から地球の裏側アルゼンチン・ブエノスアイレスまでの主だった国々。旧ソ連、中欧、南欧、インド、東南アジアなど）やラテン音楽、ダンシング。

入道雲のしわざ

2021 年 3 月 1 日　第 1 刷発行
著　者　堀島　隆
発行社　Ａ文学会
発行所　Ａ文学会
〒181-0015　東京都三鷹市大沢 1-17-3（編集・販売）
〒105-0013　東京港区浜松町 2-2-15-2F
電話 050-3414-4568（販売）FAX 0422-31-8164
E-mail：info@abungakukai.com

ISBN978-4-9911311-1-0